KB235829

The Great Gatsby

푸른숲
징검다리
클래식
017

위대한 개츠비

The Great Gatsby

F. 스콧 피츠제럴드 지음

김욱동 옮김

푸른숲주니어

'푸른숲 징검다리 클래식'을 펴내며

어린 시절, 할머니께서 조근조근 들려주시던 옛날이야기는 새로운 세상과 통하는 작은 창이었다. 상상의 날개를 달고 떠나는 창 너머 세상으로의 여행은 들어도 들어도 질리지 않는 재미와 마음속 깊은 곳을 울리는 감동을 선사해 주곤 했다. 그뿐 아니라 우리의 삶을 어떻게 꾸려 가야 하는지 곰곰이 생각해 보게 하는 지혜를 가르쳐 주었다. 말하자면 우리는 그 이야기들을 통해 '삶'을 배운 셈이다.

우리가 문학 작품을 읽어야 하는 까닭 또한 '삶을 배운다'는 점에서 크게 다르지 않다. 우리는 한 편 한 편의 문학 작품을 만나 사랑을 배우고, 우정을 배우고, 진실을 배우고, 지혜를 배운다.

그런 점에서 '푸른숲 징검다리 클래식'은 참 의미가 깊다. 오랜 세월을 거치며 각 나라의 문학사에 확고히 자리매김한 작품들을 한데 모았기 때문이다. 문학을 사랑하는 사람들이 즐겨 읽어 세계적인 명저로 일컬어지는 작품들…… 이를테면 우리 부모 세대, 아니 그 이전 세대부터 즐겨 읽었던 작품들로 많은 이들에게 삶의 의미와 가치를 일러주고, 또 '인생'이란 망망대해에서 등대 역할을 담당했던 것들이다.

세월이 흘러 사람들이 사는 모습도 달라지고 생각도 달라졌다. 그러나 시대와 장소를 뛰어넘어 변하지 않는 것이 있다. 바로 '삶'이다. 사람이 있는 곳이라면 어디든지 존재하는 삶은 항상 저마다의 무게를 떠안고 있다. 그 무게는 진실이라는 옷을 입고 문학 작품 속에 영원한 생명을 불어넣는다. 우리는 그것을 '고전'이라 부른다.

그러나 제아무리 훌륭한 고전이라 해도 독자가 읽고 소화할 수 없다면 아무런 소용이 없다. 지나치게 방대한 분량과 길고 어려운 문장은 책을 읽으려는 청소년들의 의지를 꺾을 뿐 아니라 좌절감마저 불러일으킨다.

'푸른숲 징검다리 클래식'은 바로 그러한 점을 염두에 두고 기획된 세계 명작 시리즈이다. 작품이 본디 지닌 맛과 재미를 고스란히 살리면서 우리 청소년들이 읽고 소화하기 쉽게 글을 다듬었다.

그리고 본문 뒤에는 현직 국어 교사들이 직접 쓴 해설을 붙였다. 작가나 작품에 대한 풍부한 설명은 물론, 그 작품들이 지니고 있는 현재적 의미까지 상세하게 짚어 보이고 있다. 아울러 해설 곳곳에 관련 정보를 담은 팁과 시각 자료를 배치해, 읽는 재미를 넘어 보는 재미까지 만끽할 수 있도록 했다.

아무쪼록 '푸른숲 징검다리 클래식'을 통해 우리 청소년들의 삶이 더욱더 깊고 풍성해지기를…….

2006년 4월

기획위원 강혜원·계득성·문재용·전종옥

| 차례 |

제 1 장
새로운 시작

　지금보다 어려 감수성이 한창 예민하던 시절, 아버지는 나에게 충고를 한마디 해 주셨다. 나는 아직도 그 충고를 마음속 깊이 새기고 있다.

　"남을 비판하고 싶어질 때마다, 이 세상 사람들이 다 너처럼 유리한 입장에 있지 않다는 사실을 기억하려무나."

　아버지는 더 이상 길게 말씀하지 않으셨다. 하지만 우리 부자는 신기하게도 길게 말하지 않고도 통하는 데가 있었다. 그때 역시 나는 아버지의 그 짧은 말씀 속에 아주 많은 의미가 숨어 있음을 알아차렸다. 그 후 내게는 어떤 일을 하든 섣부르게 판단하지 않고 일단 유보하는 버릇이 생겨났다.

그런 버릇 때문에 가끔씩 평범하지 않은 성격의 소유자들이 접근해 와 곤욕을 치르는 일도 있었다. 대학에 다닐 때는 '정치적'이라는 비난까지 받았다. 다소 불량한 친구들의 비밀스런 슬픔을 많이 알고 있었기 때문이다. 특별히 친했던 것도 아닌데, 그들은 무작정 나를 찾아와 속마음을 털어놓곤 했다. 내가 다른 친구들에 비해 관대한 성격이었기 때문이었던 듯싶다. 사실 나는 이런 관대한 성격을 자못 자랑스럽게 여겼다. 그 관대함에도 분명하게 한계가 있다는 사실을 깨닫기 전까지는.

작년 가을, 동부에서 돌아왔을 때 나는 이 세상이 마치 제복을 차려입은 것마냥 도덕적으로 영원히 '차렷' 자세를 취해 주기를 바랐다. 이제 더 이상 남다른 특권을 지닌 듯한 눈초리로 다른 사람들의 마음을 들여다보고 싶지 않았기 때문이다. 하지만 이 책에 이름을 빌려 준 개츠비만은 예외로 하고 싶다.

사실 개츠비는 내가 대놓고 경멸하는 모든 것을 대변하는 인물이라 해도 과언이 아니다. 그런데 단 한 가지, 성공을 향해서만은 달랐다. 마치 16,000킬로미터 밖에서 일어난 지진을 감지할 수 있는, 성능 좋은 지진계에 연결돼 있기라도 한 것처럼 그는 남다른 감수성을 가지고 있었다. 그것은 흔히 '창조적 기질'이라는 말로 미화되는, 맥 빠진 감수성과는 전혀 차원이 다른 것이었다. 말하자면 희망에 대한 탁월한 재능이요, 그 누구에게서도 일찍이 발견된 적 없고 앞으로도 다시는 발견할 수 없을 것 같은 낭만적 민감성이었다.

결국 개츠비는 옳았다. 내가 잠시나마 다른 사람들의 짧은 슬픔이나 숨 가쁜 환희에 흥미를 잃어버렸던 것은 개츠비를 희생물로 이용한 것들, 그러니까 개츠비의 꿈이 지나간 자리에 무시로 떠도는 더러운 먼지 때문이었다.

우리 집안은 이곳 중서부에서는 이름이 꽤 알려진 편이었다. 캐러웨이 가문은 제법 큰 문중을 이루고 있었는 데다, 버클루 공작(영국 왕 찰스 2세의 서자. 왕위 계승권을 주장하며, 1685년 제임스 2세의 왕위 등극에 반대하는 반란을 주도했다가 실패했다.—옮긴이)의 후예라는 말까지 떠돌았다. 그러나 우리 가문의 실제 창시자는 내 할아버지의 형님으로, 1851년 이곳으로 건너와 철물 도매업을 시작했다. 아버지가 그 사업을 지금까지 이어서 하고 있다.

나는 1915년, 그러니까 아버지보다 25년 늦게 뉴헤이번에 있는 예일 대학교를 졸업했다. 그리고 얼마 뒤 미국이 제1차 세계 대전에 참전하자 곧바로 입대를 하였다. 전쟁이 끝난 후 고향으로 돌아왔지만 마음은 좀체 안정을 찾지 못했다. 중서부 지방은 이제 활기찬 세계의 중심지가 아니라 남루한 변두리로 전락해 있었다. 나는 동부로 가서 증권업을 배우기로 마음먹었다. 마침 지인 중 한 명이 증권업에 종사하고 있었던 터라, 아버지는 큰 고민 없이 1년 동안 생활비를 대 주기로 약속하셨다.

1922년 봄, 나는 영원히 머물러 살 작정으로 동부로 건너왔다. 마침 같은 사무실에서 근무하는 친구가 통근하기 좋은 곳에 집을 얻어서 같이 사는 것이 어떻겠느냐고 제안했다. 나는 흔쾌히 동의했고, 그는 월세 80달러짜리 방갈로를 하나 구했다.

그런데 그 집으로 막 들어가려는 찰나, 그 친구가 워싱턴으로 발령이 나는 바람에 결국 나 혼자서 이사를 해야 했다. 나는 북미에서 가장 별난 지역 중 하나로 꼽히는 곳에다 집을 얻었다. 그 집은 뉴욕 시에서 동쪽으로 길게 뻗어나간 롱아일랜드 섬에 자리하고 있었는데, 그곳의 지형은 사뭇 특이한 모양을 띠고 있었다.

뉴욕 시에서 32킬로미터가량 떨어진 곳에 달걀 모양의 섬 두 개가 있었다. 거대한 달걀 모양을 한 이 지역은 쌍둥이처럼 똑같은 모습을 하고 있었는데, 좁디좁은 만(灣)으로 간신히 분리되어 있었다. 동쪽에 있는 것은 이스트에그였고, 서쪽에 있는 것은 웨스트에그였다.

나는 그중 웨스트에그에 살고 있었는데, 이스트에그에 비해 생활 수준이 약간 떨어지는 편이었다. 우리 집은 그 달걀 모양의 바로 끝 지점에 위치해 있었으며, 해협에서는 50미터가량밖에 떨어져 있지 않았다. 한 계절에 12,000달러에서 15,000달러를 줘야 겨우 빌릴 수 있는, 두 채의 거대한 저택 사이에 끼여 있었다.

오른편의 저택은 어떠한 잣대를 들이대더라도 엄청나다 아니할 수 없을 만큼 웅장했다. 노르망디에 있는 시청을 그대로 본떠 만들었는데, 저택 전체가 가느다란 담쟁이덩굴로 뒤덮여 있었다. 한쪽에는 세운 지 얼마 되지 않아 보이는 탑과 대리석으로 만든 수영장이 있었고, 저택 앞에는 무려 16헥타르(1ha는 10,000m^2—옮긴이)가 넘는 잔디밭과 정원이 펼쳐져 있었다.

그곳에는 개츠비가 살고 있었다. 아니, 그때는 개츠비의 존재를 알기 전이었으므로, 그런 이름을 가진 신사가 살고 있었다고 해야 옳겠다. 그런 저택과 비교하면, 내가 살고 있는 집은 눈에 거슬릴 만큼 초라하기 짝이 없었다. 우리 집은 그 호화로운 저택보다 약간 위쪽에 자리하고 있었다. 그 덕분에 바다는 물론 그 저택의 잔디밭까지 제법 여유 있게 바라볼 수 있었다. 그리고 아주 가끔씩 백만장자와 가까이 살고 있다는 유치한 위안을 얻기도 했다.

좁은 만의 맞은편에는 이른바 상류 사회라 할 수 있는 이스트에그의 하얀 저택들이 해변을 따라 늘어서 있었다. 그해 여름의 이야기는 내가 톰 부캐넌 부부의 초대를 받고 저녁 식사를 하러 그 집을 방문한 데서 시작된다. 톰은 대학 시절을 나와 함께 보냈고, 그의 아내 데이지는 나의 먼 친척 여동생뻘이었다. 그리고 전쟁이 막 끝났을 때, 나는 그들과 함께 이틀가량 시카고에서 지낸 적이 있었다.

톰은 여러 가지 운동에 재주가 있었다. 특히 예일 대학교에 다닐 때는 온 나라를 들썩이게 할 만큼 뛰어난 풋볼 선수였다. 하지만 스물한 살이란 이른 나이에 탁월한 재능을 인정받아 상당한 위치에 오른 탓인지, 그 뒤부터는 하는 일마다 내리막길로 치닫곤 했다.

그의 집안은 엄청난 부자였다. 대학 시절에 돈을 물 쓰듯 해서 친구들에게 빈축을 산 적이 많았다. 시카고를 떠나 동부로 올 때도, 입이 딱 벌어질 정도로 폼을 잡았다. 이를테면 폴로 경기(1팀 4명으로 구성된 두 팀이 각각 말을 탄 채 하키처럼 스틱으로 볼을 쳐서 상대편 골에 넣음으로써 득점을 겨루는 경기—옮긴이)를 하기 위해 경주용 말을 한 떼씩이나 끌고 오는 식이었다. 나는 같은 또래의 사람이 그토록 부자라는 것이 좀처럼 이해가 되지 않았다.

사실 톰과 데이지가 왜 동부로 오게 되었는지는 정확히 알지 못한다. 그들은 이렇다 할 이유 없이 프랑스에서 1년가량 지내며 폴로 경기를 즐겼고, 그 후로도 부(富)를 과시할 수 있는 곳이라면 어디든 찾아다녔다. 데이지는 장소를 옮길 때마다 전화를 걸어서 더 이상 옮기지 않을 거라고 했지만, 나는 한 번도 그 말을 믿지 않았다.

제 2 장

어색한 저녁 식사

바람이 따스하게 불던 어느 날 저녁, 나는 옛 친구를 만나기 위해 이스트에그로 자동차를 몰았다. 그들의 저택은 내가 예상했던 것 이상으로 공을 들인 듯이 보였다. 조지 왕조 식민지 시대 풍이었는데, 붉은색과 흰색으로 꾸며져 꽤나 쾌적하게 느껴졌다. 그 저택에서는 만이 잘 내려다보였다. 잔디밭은 현관에서 시작되어 해변까지 무려 400제곱미터나 계속되었다.

저택의 정면에는 프랑스식 창문이 한 줄로 나란히 늘어서 있었으며, 창문들은 저마다 황금빛 햇살을 받아 반짝거리며 따스한 바람이 살랑이는 오후를 향해 두 팔을 벌리고 있었다. 승마 복을 입은 톰은 다리를 쩍 벌린 채 현관에 서서 나를 맞았다.

그는 예일 대학교에 다니던 때와 많이 달라 보였다. 굳게 다문 입 때문인지 다소 교만해 보이는 데다, 얼굴 전체에서도 거만하게 번뜩이는 두 눈이 가장 도드라졌다. 그가 어깨를 움직일 때마다 얇은 외투 아래로 우람한 근육이 꿈틀거렸다. 그것을 보는 순간 커다란 지렛대와 같이 괴력을 지닌, 그야말로 거대한 육체란 생각이 들었다.

우리는 햇살이 따스하게 내리쬐는 현관의 테라스에서 잠깐 동안 이야기를 나눈 뒤, 천장이 높은 복도를 지나 밝은 장밋빛 방으로 들어갔다. 산들바람이 방 안으로 불어 들어와 창백한 깃발 같은 커튼 자락을 쉼 없이 소용돌이치게 하였다. 방 안에 있는 물건 중에서 움직이지 않고 고정돼 있는 것은 오직 긴 의자뿐이었다. 그 의자 위에는 젊은 여자 두 명이 마치 끈으로 묶어 놓은 풍선처럼 둥실 떠 있었다.

두 여자 중 젊은 쪽은 처음 보는 얼굴이었다. 그녀는 긴 의자의 가장자리까지 몸을 쭉 뻗은 채 꼼짝도 하지 않았다. 턱을 조금 추켜올리고 있는 폼이, 마치 턱 위에 무언가를 올려놓고선 그것이 떨어질까 봐 애써 균형을 잡고 있는 것 같았다. 다른 쪽에 앉아 있던 데이지가 나를 발견하고 의자에서 급히 몸을 일으켰다. 그녀는 내게 머리를 살짝 숙이고는 웃음을 지어 보였다. 나는 그에 응답하듯 미소를 지으며 방 안으로 들어갔다.

"너무 행복해서 온몸이 마비될 지경이에요."

데이지는 아주 재치 있는 말이라도 뱉은 것처럼 만족스런 표정으로 다시 웃고는 내 손을 붙잡았다. 그리고 마치 이 세상에서 당신만큼 보고 싶었던 사람이 없었다는 듯이 내 얼굴을 한참 동안 응시하였다. 잠시 후 그녀는 귓속말로, 균형을 잡느라 애쓰고 있는 여자의 이름이 조던 베이커라고 일러주었다.

조던은 고개를 숙여 인사하고는 재빨리 머리를 다시 뒤쪽으로 기울였다. 무언가를 떨어뜨리지 않으려고 온 힘을 기울여 균형을 잡고 있다가, 살짝 흔들리자 깜짝 놀라 움찔하는 것 같은 태도였다. 나도 모르게 죄송하다는 말이 입 안에서 맴돌았다.

데이지는 내가 의자에 앉자마자 질문을 퍼붓기 시작했다. 그녀의 목소리는 다시는 연주되지 못할 음정의 배열인 양 불규칙하게 오르락내리락하였다. 그녀의 목소리에는 그녀를 한번 사랑해 본 남자라면 절대로 잊기 힘든 흥분 같은 것이 스며 있었다. 이를테면 노래를 하는 듯한 설렘과 속삭임이랄까. 조금 전까지 즐겁고 신나는 일을 했으며, 이다음에도 반드시 즐겁고 신나는 일이 생길 거라고 확신하는 듯한 목소리였다.

나는 동부로 오는 길에 시카고에서 하룻밤을 묵었는데, 열 명도 넘는 남자들이 그녀에게 안부를 전해 달라고 부탁하더라는 말을 전했다. 그녀는 황홀한 듯이 소리쳤다.

"그 사람들이 저를 그리워하던가요?"

그때 불안한 표정으로 방 안을 왔다 갔다 하던 톰이 걸음을 멈추고 내 어깨 위에 손을 얹었다.

"닉, 자넨 지금 무슨 일을 하고 있나?"

"증권 일을 하고 있어."

"어느 회사에서?"

나는 회사 이름을 말해 주었다. 그러자 그는 단호한 목소리로 그런 회사 이름은 한 번도 들어 본 적이 없다고 말했다.

"곧 알게 될 걸세. 자네가 계속 동부에 머문다면 말이지."

나는 조금 화가 나서 말했다.

"아, 난 계속 이곳에 머물 거니까 그런 건 염려할 것 없네."

그는 뭔지 모르게 경계하는 듯한 눈빛으로 데이지를 힐끗 바라보더니 나에게로 다시 눈길을 돌렸다.

"바보가 아닌 다음에야 여기 말고 딴 데서 살 리가 있나?"

바로 그때 조던이 "그렇고말고요!" 하고 맞장구를 치는 바람에 나는 깜짝 놀랐다. 내가 이 방에 들어온 뒤로 그녀가 입을 연 것은 처음이었기 때문이다. 이어서 그녀가 투덜거렸다.

"몸이 뻣뻣하게 굳었어요. 의자에 너무 오래 누워 있었나 봐."

그러자 데이지가 나무랐다.

"나를 탓할 생각일랑 하지 마. 난 오후 내내 너를 뉴욕에 데려가려고 애썼잖아."

그때 톰이 칵테일 넉 잔을 가져와 조던에게 권했다. 하지만 그녀는 곧바로 사양했다.

"안 마실래요. 난 지금 컨디션이 최고거든요."

"그렇담 마시지 말든가! 당신 같은 사람이 대체 어떻게 일을 해내는지 정말 이해할 수 없단 말이야."

톰은 마음이 상했는지, 술잔을 들어올리더니 한 방울도 남김없이 쭉 들이켰다. 순간 조던이 어떤 일을 하는지 궁금해졌다. 이상하게도 그녀를 처음 본 순간부터 마음이 끌렸기 때문이다. 그녀는 몸매가 날씬하기도 했지만, 무엇보다 사관생도처럼 어깨를 쫙 펴고 있어서 꼿꼿한 자세가 아주 돋보였다. 그런데 전에 어디선가 보았던 것 같은 느낌이 들었다.

조던이 별안간 퉁명스런 말투로 내게 물었다.

"웨스트에그에 사신다고요? 내가 아는 사람도 그곳에 사는데……."

"난 아는 사람이 아직 한 명도 없습니다."

"그래도 개츠비란 사람은 아실 텐데요."

바로 그 순간, 데이지가 되물었다.

"개츠비라고? 어떤 개츠비 말이야?"

이웃에 사는 사람이라고 대답하려는 찰나, 저녁 식사 준비가 다 되었다는 전갈이 왔다. 톰은 자신의 건장한 팔을 억지로 내 팔 안쪽에 끼워 넣고는, 마치 장기판에서 말을 옮기듯 나를 밖으로 데리고 나갔다. 데이지와 조던은 손을 엉덩이에 얹은 채 장밋빛 현관 쪽으로 천천히 걸어갔다. 테라스에 놓인 탁자 위에는 촛불 네 자루가 바람에 흔들리고 있었다.

"촛불은 왜 켰을까?"

데이지는 얼굴을 찌푸리며 손가락으로 촛불을 비벼 껐다.

"이제 2주일만 있으면 하지네요. 줄곧 기다리다가도 막상 그날이 되면 잊어버리고 그냥 지나치지 않나요? 나는 언제나 그렇던데……."

그녀는 밝은 얼굴로 우리를 바라보았다. 조던은 마치 침대에라도 기어 들어가듯 하품을 하며 탁자 앞에 앉았다.

"뭔가 계획을 세워야겠어."

"좋아, 어떤 계획을 세울까?"

데이지는 조던의 말에 이렇게 대답하고는 난처한 표정으로 나를 바라보았다.

"다른 사람들은 이럴 때 어떤 계획을 세워요?"

내가 미처 대답을 하기도 전에 그녀는 표정이 확 바뀌더니, 자신의 새끼손가락을 매만졌다.

"어머, 이것 좀 봐요! 다쳤어요."

진짜로 그녀의 새끼손가락 마디 하나가 푸르스름하게 멍들어 있었다. 데이지가 책망하듯이 말을 이었다.

"톰, 당신 때문이에요. 일부러 그런 게 아니란 건 알지만, 당신이 그런 건 맞잖아요. 이게 다, 야수 같은 사람과 결혼한 탓이지 뭐야. 무지막지하게 몸집이 큰, 거인 같은 사내와……."

"제발, 그 거인 같다는 표현 좀 쓰지 마. 농담으로라도."

톰이 자못 언짢은 표정으로 말했지만, 데이지는 아랑곳없이 고집을 부렸다.

"그래도 거인 같은걸요, 뭐."

그러고 나서 한동안 데이지와 조던, 둘이서 잡담을 나누었다. 사실 이렇다 할 주제도 없이 주고받는 시시한 대화여서 잡담 축에도 끼지 못하는 내용들이었다. 톰과 데이지는 아무런 욕망도 없는 듯 무심한 표정을 짓고 있었다. 그들은 그저 나와 조던에게 최소한의 예의를 지키려 애쓰는 것같이 느껴졌다.

하긴, 굳이 말하지 않아도 우리는 잘 알고 있었다. 곧 저녁 식사가 끝날 것이며, 조금 더 있으면 저녁 시간마저도 홀연히 지나가 그날 하루도 그럭저럭 마무리되리라는 것을. 서부하고는 많이 달랐다. 서부에서는 저녁 시간에 이런 여유를 찾아볼 수 없었다. 팽팽한 긴장감 속에서 쫓기듯 지나가 버리곤 했다.

나는 코르크 냄새가 나는 다소 독한 적포도주를 두 잔째 마시고는 천천히 입을 열었다.

"데이지, 너하고 있으니까 마치 내가 야만인 세계에라도 온 것 같구나. 거창한 얘기는 아니더라도 꽃이나 나무를 가꾸는 거라든가, 뭐 그런 식의 얘기를 할 수는 없니?"

사실 특별한 의도를 가지고 뱉은 말은 아니었는데, 그 말이 톰에게는 다소 엉뚱한 뜻으로 받아들여진 모양이었다. 갑자기 격한 목소리로 이렇게 말했다.

"문명이 산산이 부서지고 있어. 그 바람에 난 지독한 비관론자가 되고 말았지. 자네, 고더드라는 사람이 쓴《유색인 제국의 기원》(책과 저자 모두 지어낸 것이다. 로스롭 스토더드의《유색 인종의 밀물》과 매디슨 그랜트의《위대한 인종의 종말》을 염두에 두고 쓴 듯하다.—옮긴이)이라는 책, 읽어 봤나?"

나는 그의 말투에 약간 당황스러워하며 대답했다.

"아니, 못 읽어 봤는데."

"저런, 좋은 책이야. 누구나 다 읽어 봐야 할 책이지. 우리 백인종이 조심하지 않으면, 얼마 안 가서 완전히 파멸해 버리고 만다는 내용이야. 과학적 근거를 충분히 갖고 한 말이지. 뒷받침할 만한 증거가 얼마든지 있거든."

"톰은 요즘 점점 더 심각해져 가고 있어요. 이 사람은 이렇게 심각한 주제를 다루는 책만 읽어요."

데이지가 슬픈 표정을 지으며 말했다. 그러자 톰은 조바심이 이는 듯 그녀를 힐끗거리며 대답했다.

"글쎄, 그 책들은 모두 과학적 근거가 뒷받침된 거라니까. 얼마나 예리하게 파헤쳐 놓았는지 읽어 보면 알아. 세계를 지배하고 있는 우리 백인이 정신을 바짝 차리지 않으면 다른 종족들이 이 세계를 제패하게 될 거라는 거지."

자신이 빠져들고 있는 책에 대한 이야기를 늘어놓고 있는 톰을 보고 있노라니 어딘지 모르게 서글픈 느낌이 들었다. 아무래도 현재의 생활에 만족하지 못하고 있는 모양이었다. 그때 갑자기 집 안에서 전화벨 소리가 울렸다. 집사가 테라스에서 사라지자, 데이지는 재빨리 내 쪽으로 몸을 기울였다.

"우리 집 비밀 한 가지를 말해 줄게요. 집사의 코에 관한 건데요. 우리 집으로 오기 전에 뉴욕에서 은그릇 닦는 일을 했대요. 아침부터 밤까지 은그릇만 닦다 보니 코가⋯⋯."

조던이 끼어들었다.

"상태가 점점 나빠졌군."

"그런 셈이지. 증세가 점점 심각해져서 결국 그 일을 그만두었대요."

저무는 햇살이 발그레한 빛을 드리우며 데이지의 얼굴을 잠시 비추었다. 내가 귀를 기울여 주자, 그녀의 목소리는 숨 가쁘게 나를 끌어당겼다. 그때 집사가 다시 돌아와서 톰의 귀에 대고 뭔가를 속삭였다. 순간 톰은 얼굴을 살짝 찡그리더니 아무 말 없이 집 안으로 들어갔다. 그가 자리를 비우자, 데이지는 뭔가에 자극을 받기라도 한 듯 다시 몸을 내게로 기울이며 말했다.

"오빠, 이렇게 우리 집에서 함께 식사를 하게 되어서 무척 반가워요. 오빠를 보면 저는 늘 한 떨기 순수한 장미가 떠올라요. 안 그래, 조던? 정말로 한 떨기 순수한 장미 같지 않아?"

그녀는 동의를 구하려는 듯 조던 쪽으로 얼굴을 돌렸다. 하지만 이 말은 사실과 아주 무관했다. 나에게는 장미꽃 같은 구석이 한 군데도 없었기 때문이다. 그저 즉흥적인 말에 지나지 않았지만, 그녀에겐 왠지 모르게 사람을 흥분시키는 따뜻함 같은 게 있었다. 데이지는 갑자기 냅킨을 식탁 위로 던지더니, 실례한다고 말하면서 황급히 집 안으로 들어갔다.

그 바람에 조던과 나, 둘만 남게 되었다. 조던과 나는 한동안 아무런 의미도 없는 시선을 의식적으로 주고받았다. 그러다가 어색함을 떨치기 위해 내가 막 입을 떼려고 하는 순간, 그녀가 갑자기 자리에서 일어나더니 "쉿!" 하고 입을 막았다. 마침 그때 집 안에서 격앙된 감정을 억누른 듯한 목소리가 들려왔다. 뻔뻔스럽게도 조던은 그 말을 엿들으려 하였다.

나는 짐짓 입을 열었다.

"당신이 말한 그 개츠비 씨는 내 이웃에 살고 있어요."

"조용히 좀 하세요. 무슨 얘기인지 들어야 한단 말예요."

"무슨 일이라도 있는 겁니까?"

나의 물음에 조던은 놀란 표정을 지으며 되물었다.

"그럼 아직 모르세요? 다들 아는 줄 알았는데……."

"난 아무것도 아는 게 없습니다."

"아, 그렇군요. 사실은 톰에게 여자가 있어요, 뉴욕에……."

"여자가 있다고요?"

나는 멍한 표정으로 되물었다. 조던은 고개를 끄덕이며 이렇게 투덜거렸다.

"아무리 경우가 없는 사람이라도, 저녁 식사 시간에 전화를 걸지 않는 예의 정도는 있어야 하지 않아요?"

그녀의 말이 무슨 뜻인지 미처 알아차리기도 전에, 옷자락이 펄럭이는 소리와 가죽 부츠가 마룻바닥에서 삐걱이는 소리가 들리더니, 이내 톰과 데이지가 식탁으로 돌아왔다.

"어쩔 수 없었어요!"

데이지가 억지로 명랑한 척하며 과장된 목소리로 말했다. 그러고는 조던의 얼굴을 탐색하듯 살피며 자리에 앉았다. 그녀는 나에게로 눈길을 주며 다시 말을 이었다.

"잠시 바깥을 내다보았는데 아주 낭만적이더군요. 잔디밭에 새 한 마리가 앉아 있지 뭐예요. 커나드나 화이트스타 해운 회사 편에 건너온 나이팅게일이 틀림없어요. 정말이지 낭만적이었어요. 그렇지 않아요, 톰?"

그녀의 목소리가 노래하듯 낭랑하게 흘러나왔다.

"그래, 맞아. 아주 낭만적이었지."

그는 이렇게 대답하고 나서, 괴로운 듯이 나를 바라보며 말을 이었다.

"저녁 식사를 마친 뒤에도 날이 어둡지 않으면 마구간을 구경시켜 주도록 하겠네."

그때 집 안에서 다시 전화벨이 울렸다. 데이지가 톰을 향해 단호하게 고개를 흔들자, 마구간 이야기를 꺼내던 톰의 입이 갑자기 다물어졌다. 동시에 식탁에는 어색한 침묵이 흐르기 시작했다. 저녁 식사의 마지막 5분 동안에 일어난 일 중에서 지금도 기억에 남아 있는 것은 쓸데없이 촛불을 다시 켜 놓았던 것뿐이다.

나는 사실 그들이 어떤 표정을 짓고 있는지 똑바로 쳐다보고 싶었지만, 차마 그렇게 하지 못하고 눈길을 피했다. 아무리 회의적인 상황이라 해도 꿋꿋이 버텨 낼 것 같던 조던조차 그 날카로운 금속성 소리에는 적잖이 당황한 듯이 보였다.

얼마 후 톰과 조던은 몇 걸음 사이를 두고, 마치 시체 옆에서 밤을 새워야 하는 사람들처럼 어두운 표정으로 황혼 속을 걸어 집 안으로 들어갔다. 나는 전화벨 소리를 듣지 못한 것처럼, 짐짓 즐거운 듯이 보이려고 애를 쓰면서 데이지와 함께 현관 쪽으로 갔다. 으슥한 어둠을 맞으며, 우리는 고리버들로 만든 의자에 나란히 앉았다.

데이지는 자신의 예쁜 이목구비를 새삼 느껴 보려는 듯 두 손으로 얼굴을 감쌌다. 그러고는 벨벳처럼 부드럽게 내려앉고 있는 어스름을 한참 동안 바라보았다. 나는 그녀가 격렬한 감정에 사로잡혀 있다는 것을 온몸으로 느낄 수 있었다. 그래서 조금이나마 진정시켜 줄 요량으로 짐짓 그녀의 딸에 관해 물었다. 그러자 그녀는 느닷없이 이렇게 말했다.

"오빠, 우리는 서로 잘 모르고 있어요. 친척이라곤 하지만, 사실 오빠는 제 결혼식에도 오지 않았잖아요."

"그땐 전쟁터에 가 있었으니까."

"그랬군요. 그런데 말이에요. 오빠, 전 그동안 몹시 힘들었어요. 그래서 모든 일에 냉소적으로 변하고 말았어요."

그녀에게는 그렇게 변할 수밖에 없는 까닭이 분명하게 있어 보였다. 나는 그녀가 무슨 말이든 계속하기를 기다렸지만 이내 입을 다물어 버렸다. 얼마쯤 뒤, 나는 또다시 어색한 분위기를 벗어나기 위해 그녀의 딸 이야기를 꺼냈다.

"이젠 말도 제법 할 줄 알겠군. 밥도 먹고…… 온갖 재롱을 다 부리겠는걸."

"네, 맞아요."

그녀는 얼이 빠진 듯한 눈빛으로 나를 잠시 바라보았다.

"오빠, 그 애를 낳고 나서 어떤 생각이 들었는지 아세요? 그 얘기를 들으면 지금 제 기분이 어떤지 아실 거예요. 글쎄, 아이를 낳은 지 2시간도 되지 않았는데, 톰이 어디로 갔는지 보이지 않는 거예요. 마취에서 깨어났을 땐 완전히 버려진 듯한 느낌이었죠. 간호사한테 먼저 아기가 아들인지 딸인지 물어봤어요. 간호사는 딸이라고 하더군요. 저는 울음을 터뜨리고 말았어요. 그러면서도 속으로 이렇게 중얼거렸답니다. '차라리 딸이어서 다행이야. 이 아이가 커서 바보가 되었으면 좋겠어. 딸이라면 그러는 편이 제일 좋지. 아름답고 귀여운 바보 말이야.' 제가 얼마나 끔찍한 기분이었는지 이젠 아시겠죠?"

그녀는 확신 어린 목소리로 말을 이었다.

"모두들 여자들이 바보처럼 살아 주길 바라잖아요. 진보적이라는 사람들도 말예요. 저도 다 안다고요."

그녀는 더 이상 억지로 내 주의를 끌거나 신뢰를 얻으려 하지 않았다. 그 순간 그녀가 뱉은 말들이 진실하지 않을지도 모른다는 생각이 들었다. 어쩌면 저녁 식사 시간 전체가, 내 속에서 자신에게 유리한 감정을 끌어내기 위한 일종의 속임수일지도 몰랐다. 나는 마음이 조금 불편해졌다. 하지만 그녀는 이내 귀여운 표정을 지으며 해맑은 눈으로 나를 바라보았다.

집 안으로 들어서자 응접실 안은 마치 꽃이라도 핀 것처럼 진홍빛 불빛으로 가득 차 있었다. 톰과 조던은 긴 의자의 양쪽 끄트머리에 앉아 있었는데, 그녀는 그에게 〈새터데이 이브닝 포스트〉지를 큰 소리로 읽어 주고 있었다.

우리가 들어가자, 조던은 손을 들어 보이며 잠시만 조용히 기다려 달라고 했다. 그러고는 "다음 호에 계속됩니다." 하고 신문을 탁자 위로 던지더니, 무릎을 급하게 들썩이며 자리에서 일어섰다. 그리고 천장에 매달린 시계를 보기라도 한 것처럼 대뜸 이렇게 말했다.

"벌써 10시군요. 이 착한 아가씨는 이제 잠자리에 들 시각이
에요."

"조던은 내일 경기를 하러 간대요. 웨스트체스터로요."

데이지가 설명했다.

"아, 당신이 바로 조던 베이커로군요."

그녀의 얼굴이 어디서 많이 본 듯하다 싶었던 까닭을 그제야
깨달았다. 그러고 보니 쾌활한 듯하면서도 왠지 남을 깔보는 듯
한 인상이 낯이 익었다. 애슈빌과 핫스프링스, 팜비치 등에서 선
수 생활을 할 때 찍은 사진에서 본 기억이 떠올랐다. 그녀에 관
한 소문도 몇 번인가 들은 적이 있었는데, 그리 유쾌하지 않은
내용이어서 그런지 자세히 기억나지 않았다.

"잘 자요. 그리고 8시에 깨워 줘요, 알았죠?"

"깨워서 일어난다면야."

"일어날게. 캐러웨이 씨, 안녕히 가세요. 또 만나죠."

"물론 그렇게 될 거야."

데이지가 자신감 넘치는 목소리로 나 대신 대답을 했다.

"오빠, 사실은 제가 중매를 서려고요. 그러니까 자주 들르세
요. 오, 뭐라고 할까. 전 두 사람을 옷장 속에 밀어넣고 문을 잠가
버리든가, 보트에 태워 바다로 띄워 보내고 싶거든요."

그때 조던이 계단 위에서 소리쳤다.

"잘 자요. 그리고 나는 한마디도 못 들은 걸로 할래요."

잠시 뒤 톰이 말했다.

“멋있는 여자야. 저렇게 시골로 돌아다니게 해선 안 되는데.”

“누가 그렇게 해서는 안 되는 건데요?”

데이지가 쌀쌀맞게 물었다.

“그녀의 가족이지, 누군 누구야?”

“그녀의 가족은 늙어 꼬부라진 숙모밖에 없어요. 이제부터 오빠가 조던을 챙겨 주면 되죠. 올 여름엔 주말을 거의 우리 집에서 보낼 거예요. 아무래도 따뜻한 가정에서 생활하는 게 그 애한테도 좋지 않겠어요?”

톰과 데이지는 아무 말 없이 서로의 얼굴을 바라보았다. 잠시 뒤 내가 물었다.

“저 여자, 뉴욕 출신이야?”

“루이빌 출신이에요. 우리는 소녀 시절을 그곳에서 함께 보냈어요. 아름답고 순수했던…….”

“당신, 테라스에서 모두 다 털어놓았소?”

톰이 갑자기 묻자, 그녀는 나를 빤히 쳐다보았다.

“내가요? 잘 기억나진 않지만, 우리는 북유럽의 인종에 관해 얘기한 것 같은데요. 그래요, 정말 그랬어요.”

“닉, 데이지에게 무슨 말을 들었든 하나도 믿을 필요 없네.”

톰이 내게 말했다. 나는 아무 말도 듣지 못했다고 대답하고는 집으로 돌아가려고 자리에서 일어섰다. 그들은 문 앞까지 따라나와 아름다운 불빛 아래에 나란히 섰다. 나는 그들에게 손을 흔들어 준 뒤 자동차에 올라탔다.

사실 처음에는 그들 부부가 보여 준 관심에 감사한 마음을 가졌다. 하지만 차를 몰고 집으로 돌아올 때에는 기분이 약간 언짢아지면서 혼란스러워졌다. 내 생각엔 데이지가 당장 어린아이를 데리고 그 집에서 뛰쳐나오는 것이 현명한 일인 듯했다. 하지만 그녀는 그럴 생각이 추호도 없어 보였다.

그리고 톰에게 정작 놀라움을 느꼈던 것은, '뉴욕에 여자가 있다'는 사실보다 어떤 책 한 권 때문에 그토록 의기소침해질 수도 있다는 사실이었다. 강인한 육체가 이제 더 이상 그의 독단적인 마음을 지탱해 줄 수 없게 된 것처럼, 그 무엇인가가 그의 진부한 생각의 한 귀퉁이를 갉아먹고 있는 것이 틀림없었다.

웨스트에그에 있는 집에 도착하자, 나는 자동차를 차고에 넣고 마당에 아무렇게나 팽개쳐져 있던 제초기 위에 얼마 동안 앉아 있었다. 살랑거리는 바람이 밤하늘을 가득 채우며 개구리들에게 생명력을 불어넣어 주는 듯했다. 개구리 울음소리가 유난히 시끄러웠다. 바로 그때, 도둑고양이의 그림자가 달빛에 어른거렸다. 그놈을 자세히 살펴보려고 고개를 돌리다가, 나는 그곳에 있는 것이 나 혼자가 아니라는 사실을 깨달았다.

15미터가량 떨어져 있는 이웃집의 잔디밭에 또 한 사람이 두 손을 주머니에 찌른 채 서서 은빛 후춧가루를 뿌려 놓은 듯한 하늘을 바라보고 있었다. 개츠비가 틀림없었다. 그는 마치 자기 몫의 하늘이 어디까지인지 따져 보기라도 하는 듯 하늘에서 잠시도 눈을 떼지 않았다.

순간 그를 소리쳐 불러 보고 싶은 충동이 일었다. 저녁 식사 때, 조던이 그에 대해 물은 말이 있었으므로 구실은 충분했다. 그러나 갑자기 그가 혼자 있고 싶다는 암시를 보내왔기 때문에 애써 충동을 속으로 삭여 넣었다. 그는 바다를 향해 두 팔을 뻗고 있었다. 거리가 다소 떨어져 있기는 했지만, 온몸을 부르르 떨고 있는 것이 분명했다. 무심결에 나도 바다 쪽을 바라보았다. 저 멀리 조그맣게 반짝이는, 부두의 맨 끝자락에 있는 단 하나의 초록색 불빛을 빼고는 아무것도 눈에 띄지 않았다.

내가 다시 개츠비 쪽을 돌아다보았을 때, 그는 이미 자리를 뜨고 없었다. 나는 어수선한 어둠 속에 또다시 혼자가 되고 말았다.

제 3 장

위험한 커플

웨스트에그와 뉴욕 시의 중간쯤에 고속도로와 철로가 만나 400미터가량 나란히 달리는 지역이 있었다. 그곳이 바로 재의 골짜기였다. 재가 언덕과 산마루로 퍼져 기괴한 형상을 이루는 환상적인 곳이었다. 이 재는 굴뚝에서 피어오르는 연기 모양을 하고 있다가, 갑자기 회백색의 사람 형상을 띤 후 부연 공기 속을 부유하다 힘없이 땅바닥으로 무너져 내리곤 했다.

잿빛 땅과 그 위에서 발작적으로 피어오르는 먼지 너머로는 안과 의사 T. J. 에클버그의 눈이 보였다. 에클버그의 두 눈은 푸르고 거대했다. 망막의 높이가 무려 1미터 가까이나 되었다. 얼굴은 없고 눈만 있었는데, 보이지 않는 코에 걸려 있는 거대한 안경 너머로 이쪽을 보고 있는 것이 틀림없었다.

어느 안과 의사가 장사 좀 해 보려고 걸어 놓은 뒤, 그 자신이 영원히 눈이 멀어 버렸거나 이 광고판을 잊은 채 이사를 가 버린 것이 분명했다. 오랜 세월 동안 햇볕에 그을리고 비에 시달려 페인트칠이 다 벗겨졌지만, 여전히 두 눈은 생각에 잠긴 듯 장엄하게 재의 골짜기를 굽어보고 있었다.

재의 골짜기의 한쪽은 작고 더러운 강에 접해 있었다. 개폐교가 화물선들을 통과시키기 위해 위로 올라갈 때마다 기차가 멈춰 서기 때문에 승객들은 반 시간 동안 그 음울한 풍경을 응시하지 않으면 안 되었다. 화물선이 통과하지 않을 때라도 그곳을 지나가려면 적어도 2분 동안은 정지를 하지 않으면 안 되었다. 내가 톰의 정부(情婦, 아내 있는 남자가 몰래 정을 통하고 있는 여자―옮긴이)를 만나게 된 것도 바로 그 때문이었다.

톰에게 정부가 있다는 사실은 이미 널리 알려져 있었다. 사람들은 그가 카페에서 그녀를 자리에 앉혀 둔 채 어슬렁거리다 아는 사람이 나타나면 누구든 붙잡고 수다를 떨어 댄다며 흥분을 했다. 나는 그녀가 어떻게 생겼는지 궁금하긴 했지만, 딱히 만나고 싶은 생각은 없었다. 하지만 그녀를 만나고 말았다.

어느 날 오후, 나는 톰과 함께 기차를 타고 뉴욕으로 가고 있었다. 기차가 재의 골짜기 근처에서 멈추자, 그는 냉큼 뛰어내리더니 내 팔꿈치를 붙잡고 강제로 끌어내렸다.

“여기서 내리자고! 자네한테 내 여자를 소개해 줄 테니까.”

그는 나를 그녀에게 데려가려고 이미 작정한 듯싶었다. 나는 결국 하얀 석회가 발린 담을 넘어 그를 따라가고 말았다. 우리는 에클버그의 시선을 받으며 100미터가량 뒤쪽으로 걸어갔다.

보이는 건물이라고는 황무지 끝에 서 있는 작고 노란 벽돌 건물뿐이었다. 그 건물에는 세 개의 가게가 있었는데, 하나는 세를 놓고 있었고, 다른 하나는 밤새도록 영업을 하는 레스토랑이었다. 그리고 나머지 하나는 자동차 정비소였다. 거기에는 ‘자동차 정비소, 조지 B. 윌슨―자동차 사고팝니다.’라는 팻말이 붙어 있었다.

나는 톰을 따라 그 안으로 들어갔다. 장사가 잘 안 되는지 안은 텅 비어 있었다. 자동차라고는 어둠침침한 구석에 먼지를 덮어쓰고 있는 포드 한 대가 전부였다. 자동차 정비소라는 간판은 눈속임에 지나지 않을 뿐, 2층에는 호화롭고 낭만적인 방들이 은밀히 숨어 있을지도 모른다는 엉뚱한 상상이 들었다. 그때 주인이 수건에 손을 닦으며 사무실 문 앞에 모습을 드러냈다.

그는 금발에 미남형 얼굴이었지만 빈혈에라도 걸린 듯 생기가 없어 보였다. 우리를 발견하자, 푸른색 눈에 옅으나마 광채가 돌았다. 톰은 반갑다는 듯이 그의 어깨를 툭 치면서 말했다.

“이보게, 윌슨. 장사는 잘 되나?”

“그저 그래요. 그런데 그 차는 언제 파실 건가요?”

윌슨은 약간 시큰둥한 표정으로 말했다.

"다음 주에……. 지금 정비사가 손을 보고 있는 중일세."

"꽤나 굼뜬 정비사인 모양이군요, 안 그래요?"

톰은 냉담한 목소리로 대답했다.

"아니, 그렇지 않아. 자네가 그런 식으로 말한다면 딴 곳에 팔아 버리겠어."

윌슨은 재빨리 대꾸했다.

"그게 아니고요. 전 다만……."

그는 말끝을 흐렸다. 톰은 조바심이 나는 듯, 정비소 안을 잽싸게 훑어보았다. 그때 계단을 내려오는 발소리가 들리더니, 몸집이 자못 큰 여자가 사무실로 들어왔다. 검푸른 비단 드레스를 걸친 그 여자는 삼십대 중반쯤 돼 보였다. 키가 다소 작은 편이었으며, 예쁜 구석이라고는 도무지 찾을 수 없었다. 하지만 온몸에서 번져 나오는 생기만큼은 시선을 잡아끌었다.

그녀는 얼굴 가득 미소를 머금은 채, 남편이 마치 유령이라도 되는 듯 무심히 지나친 뒤 톰에게 다가가 악수를 나누었다. 그러고는 남편에게 눈길도 주지 않고 퉁명스런 목소리로 말했다.

"의자 좀 가져와요. 손님을 이렇게 서 계시게 해서야, 원."

"아, 그렇군."

윌슨은 황급히 회색 벽 쪽에 있는 사무실로 달려갔다. 재의 골짜기 근처에 있는 것은 무엇이든 하얀 재를 뒤집어쓰고 있었다.

윌슨의 검은 양복과 윤기 없는 머리카락에도 먼지가 뽀얗게 앉아 있었다. 그러나 그의 아내에게는 재가 조금도 묻어 있지 않았다. 톰이 그녀의 귀에 대고 재빨리 말했다.

"보고 싶었어. 다음 기차를 타."

"알았어요."

"지하의 신문 가판대에서 기다릴게."

그녀는 급히 고개를 끄덕였다. 마침 그때 윌슨이 사무실에서 의자를 들고 나타나자 그녀는 톰한테서 멀찍이 떨어졌다.

잠시 후, 우리는 길 아래쪽으로 내려가 그녀를 기다렸다. 그날은 독립 기념일이 며칠 남지 않은 때여서, 창백하고 깡마른 이탈리아계 아이들이 철로를 따라 폭죽을 한 줄로 죽 늘어놓고 있었다.

톰은 에클버그를 향해 얼굴을 찡그리며 말했다.

"정말이지 끔찍한 곳이야. 그녀를 위해서도 이곳을 떠나는 게 좋아."

"남편이 반대하지 않을까?"

"윌슨? 그자는 아내가 뉴욕에 사는 여동생을 만나러 가는 줄로 알고 있어. 우둔하기 짝이 없어서…… 자기가 살아 있다는 사실조차 잊어버리곤 하는 위인이지."

잠시 후 톰과 그의 정부, 그리고 나는 함께 뉴욕으로 갔다. 정확히 말하면 '함께'라고 할 수는 없었다. 윌슨 부인이 눈치 있게 다른 칸에 탔기 때문이다. 혹시라도 기차에 타고 있을지 모르는, 이스트에그 사람들의 이목이 신경 쓰였던 모양이었다.

그녀는 갈색 무늬가 있는 모슬린 드레스로 갈아입고 있었다. 톰이 뉴욕의 플랫폼에서 그녀를 부축하며 내릴 즈음에는 옷이 엉덩이에 착 달라붙어 있었다. 신문 가판대에서 그녀는《타운 태틀》한 권과 영화 잡지를 사고, 매점에서는 콜드크림과 조그만 향수를 한 병 샀다.

이윽고 우리는 지상으로 올라왔다. 소음이 귀를 찢을 듯 울려 퍼지는 차도에서 윌슨 부인은 택시를 넉 대나 그냥 보낸 뒤에야 간신히 한 대를 골라 탔다. 택시는 사람들로 붐비는 역을 빠져나와 햇빛이 반짝이는 거리로 들어섰다. 그녀는 재빨리 창 너머로 눈길을 돌리더니 유리창을 두드렸다.

"개를 한 마리 갖고 싶어요. 아파트에서 기르면 좋잖아요."

그녀의 말이 떨어지기가 무섭게, 톰은 택시를 머리가 허옇게 센 노인 옆에 세우게 했다. 노인 앞에 있는 광주리에는 갓 태어난 강아지가 열두어 마리가량 웅크리고 있었다. 노인이 택시 창문 쪽으로 다가오자 윌슨 부인이 진지하게 물었다.

"무슨 종이에요?"

"종류별로 다 있습죠. 부인께선 어떤 종을 원하십니까?"

"경찰견 한 마리를 사고 싶은데요. 그런 개는 없겠죠?"

노인은 마뜩찮은 표정으로 광주리 안을 들여다보다가 강아지한 마리를 들어올렸다. 톰이 말했다.

"그건 경찰견이 아니잖소?"

"딱히 경찰견이라 할 수는 없지요. 에어데일테리어에 가깝거든요. 이 털 좀 보세요. 감기 같은 거 걸려서 귀찮게 할 녀석이 절대로 아닙니다요."

"예뻐요. 얼마예요?"

윌슨 부인이 들뜬 목소리로 말했다. 노인은 강아지를 감탄 어린 눈길로 바라보았다.

"10달러는 주셔야죠."

그 에어데일테리어는 이내 새 주인의 무릎 사이로 파고들었다. 그녀는 추위를 타지 않는다는 녀석의 털을 황홀한 눈빛으로 바라보며 손으로 쓰다듬었다. 톰이 값을 치르자 택시는 다시 5번가를 향해 내달았다. 한여름 날 오후의 공기는 가히 목가적이라고 할 만큼 따뜻하고 부드러웠다.

잠시 후 내가 말했다.

"차를 세워 주게. 난 여기서 내리는 게 좋겠어."

그러나 톰이 재빨리 가로막았다.

"아니, 안 돼. 자네가 아파트까지 가 주지 않는다면 머틀이 섭섭해 할 거야. 안 그래, 머틀?"

그녀는 아양 섞인 목소리로 말했다.

"함께 가요. 내 동생 캐서린을 부를게요. 그 앤 굉장한 미인이

랍니다."

택시는 센트럴 공원을 지나 서부 100번가로 향했다. 158번가에 이르자, 택시는 흰 케이크처럼 늘어서 있는 아파트의 한쪽에 멈춰 섰다. 윌슨 부인은 마치 왕궁에 돌아온 여왕처럼 당당한 시선으로 주위를 돌아본 다음, 개와 그 밖의 물건들을 들고 안으로 들어갔다.

"매키 부부를 부를게요. 물론 내 동생한테도 전화를 걸고요."

엘리베이터 안에서 그녀가 말했다.

그녀의 집은 맨 위층에 있었다. 작은 거실과 부엌, 그리고 목욕탕이 딸린 작은 침실이 하나 있었는데, 거실에는 규모에 어울리지 않게 큰 가구 한 벌이 문간까지 꽉 들어차 있었다. 거실에 비해 가구가 너무 커서 생각 없이 움직이다간 걸려 넘어지기 십상이었다.

윌슨 부인은 강아지한테 온통 정신이 팔려 있었고, 톰은 찬장에서 위스키 한 병을 꺼내 왔다. 나는 살아오면서 술에 취한 적이 딱 두 번 있었는데, 그 두 번째가 바로 그날 오후였다. 8시가 지나도록 방 안은 밝은 햇살로 가득했지만, 거기에서 일어났던 일들은 모두 희미하고 몽롱할 뿐이다.

윌슨 부인은 톰의 무릎에 앉아서 몇 사람에게 전화를 걸었다. 그리고 얼마 지나지 않아, 손님들이 하나 둘씩 나타나기 시작했다. 머틀—위스키를 한잔 하고 난 뒤부터 윌슨 부인과 나는 서로의 이름을 불렀다.—의 여동생 캐서린은 서른 살쯤 돼 보였다. 날씬한 몸매에 우윳빛 피부를 가졌지만 어딘가 모르게 속물스런 느낌이 풍겼다. 그녀가 움직일 때마다 두 팔에 매달린 도기 팔찌에서 끊임없이 짤랑거리는 소리가 났다.

어찌나 당당하게 걸어 들어와 꼼꼼하게 가구를 살피던지 혹시 이 집이 그녀의 소유가 아닐까, 하는 착각이 일 정도였다. 결국 내가 이곳에 사느냐고 물어보자, 그녀는 호들갑스럽게 웃으면서 여자 친구와 함께 호텔에서 지낸다고 하였다.

아래층에서 온 매키란 사람은 사진 작가로, 얼굴이 지나치게 창백해서 그런지 여자 같은 인상을 주었다. 하지만 사람들에게 인사를 하는 태도는 무척 예의 바르게 보였다. 그의 아내는 예쁘장한 외모에 어울리지 않게 찢어지는 듯 날카로운 목소리를 가졌다. 남편이 결혼 후 자신의 사진을 127차례나 찍어 주었다고 떠벌릴 때는 정말이지 끔찍한 느낌마저 들었다.

그사이 머틀은 크림색 시폰으로 만든 야회복으로 갈아입었다. 그녀가 그 옷으로 방 안을 쓸고 다니는 동안 연신 부스럭거리는 소리가 났다. 하늘거리는 옷차림 때문인지, 자동차 정비소에서 보이던 강렬한 생명력은 어느새 상당한 오만함으로 바뀌어 있었다. 그녀의 웃음과 몸짓, 그리고 말투는 시간이 갈수록 더욱더 가식적으로 변했다.

"캐서린, 사람들은 늘 누군가를 속이려 들어. 그저 돈밖에 생각하지 않거든. 지난주에 발 마사지를 받으려고 사람을 불렀는데, 청구서를 보고는 기절하는 줄 알았잖니? 내가 맹장 수술이라도 받았나 싶었다니까.”

“그 사람 이름이 뭔데요?”

매키 부인이 물었다.

“에버하트 부인이에요. 집집마다 돌아다니면서 발 마사지를 해 주고 있지요.”

“옷이 참 근사해요. 누구라도 반하겠는걸요.”

매키 부인은 얘기하다 말고 찬사를 늘어놓기 시작했다. 머틀은 경멸 어린 표정을 지은 채 눈썹을 추켜세우며 오만하게 말했다.

“아주 오래된 옷이에요. 아무렇게나 입어도 되는 자리에서 가끔 걸치곤 하죠.”

매키 부인이 계속해서 말했다.

“당신이 입어서 그런지 아주 멋진걸요. 빈말이 아니에요. 제 말이 무슨 뜻인지 아시죠? 만약 제 남편이 당신의 그런 자태를 제대로 잡아낸다면 꽤 그럴듯한 작품이 나올 텐데……..”

우리는 약속이나 한 듯이 동시에 머틀을 바라보았고, 그녀는 두 눈을 덮고 있는 머리카락을 쓸어 올리며 밝은 미소를 지었다. 매키는 고개를 한쪽으로 돌린 채 그녀를 주시하다가 손을 앞뒤로 천천히 움직였다.

"조명을 바꿔야겠어요. 이목구비의 입체감을 살리고 싶거든요. 뒤쪽 머리카락도 모두 살리면서 말이죠."

그때 매키 부인이 소리쳤다.

"조명은 지금 그대로가 좋은데요."

그녀의 남편이 "쉿!" 하고 말을 끊자, 우리는 일제히 그 모델을 다시 바라보았다. 그러자 톰이 소리 내어 하품을 하며 자리에서 일어섰다.

"매키 부부가 마실 만한 게 있을 텐데. 머틀, 얼음하고 탄산수를 더 가져오지."

"심부름꾼한테 벌써 시켜 두었어요. 그런 사람들은 다그쳐야만 일이 된다니까요."

머틀은 하류층 사람들의 게으름에 진저리가 난다는 듯 눈썹을 추켜올렸다. 그러다 나를 바라보며 멋쩍은 미소를 짓더니, 강아지에게 달려가서 열렬히 입맞춤을 하였다.

그때 캐서린이 내 옆의 긴 의자에 다가와 앉았다.

"당신도 롱아일랜드에 사세요?"

"웨스트에그에 살고 있습니다."

"정말이에요? 한 달쯤 전에 거기서 열린 파티에 갔었는데. 개츠비라는 사람의 집에 말이에요. 혹시 그분을 아세요?"

"바로 옆집에 살고 있습니다."

"그분이 빌헬름 황제의 조카라던가? 아무튼 육촌 동생뻘이 된

대요. 그분의 돈은 다 거기서 나온다지요?"

"정말입니까?"

그녀는 그렇다고 하면서 고개를 끄덕였다.

"그런데 나는 왠지 그 사람이 무서워요. 그런 사람한테는 조금
도 신세를 지고 싶지 않거든요."

그때 매키 부인이 갑자기 캐서린을 손가락으로 가리키는 바
람에, 내 이웃에 관한 솔깃한 정보는 거기서 끊기고 말았다.

"여보, 내 생각엔 당신이 그녀와 괜찮은 작품을 한 편 만들 수
있을 것 같아요."

매키 부인이 불쑥 이런 말을 꺼냈지만, 그녀의 남편은 귀찮다
는 듯이 고개를 끄덕이고는 톰을 향해 이렇게 말했다.

"전 롱아일랜드에서 좀 더 일하고 싶어요. 할 수만 있다면요."

"머틀한테 한번 부탁해 보시죠."

톰은 이렇게 말하다가, 머틀이 쟁반을 들고 들어오는 것을 보
고는 큰 소리로 웃음을 터뜨렸다.

"이 사람이 당신한테 소개장을 써 줄 거요. 머틀, 안 그래?"

"뭘 써 준다고요?"

그녀는 깜짝 놀라서 되물었다.

"당신 남편을 모델로 작품을 만들 수 있도록 월슨에게 매키를
소개하는 편지를 써 주란 말야. '정비소의 조지 B. 월슨'이나 뭐
그 비슷한 제목으로 하면 되지 않겠어?"

캐서린은 내 쪽으로 몸을 기울이더니 귓속말로 이렇게 속삭였다.

"두 사람 다 자기 배우자를 못마땅히 여겨요. 도저히 참을 수가 없대요. 서로 참을 수 없는데 왜 계속 살을 맞대고 사는지 모르겠어요. 나 같으면 당장 이혼하고 마음 맞는 사람이랑 다시 결혼할 텐데."

"머틀은 윌슨을 좋아하지 않나요?"

나는 무심코 이런 질문을 던졌다가, 뜻밖의 답을 듣고는 깜짝 놀라 말문이 막혀 버렸다. 우리의 대화를 엿듣고 있던 머틀이 직접 그렇다고 대답을 했기 때문이다.

"그것 보세요. 제 말이 맞잖아요. 두 사람을 떼어놓고 있는 건 사실 톰의 부인이에요. 그 여자가 가톨릭 신자라는 이유로 이혼을 해 주지 않는다는군요."

캐서린은 의기양양하게 말했다. 사실 데이지는 가톨릭 신자가 아니었다. 나는 이 그럴듯한 거짓말에 약간의 충격을 받았다. 캐서린이 말을 이었다.

"두 사람이 결혼하면…… 서부로 가서 소문이 잠잠해질 때까지 살 거래요."

"유럽으로 가는 게 더 나을 텐데요."

"아, 유럽을 좋아하세요? 전 몬테카를로에서 돌아온 지 얼마 안 돼요. 바로 작년에 친구들과 함께 갔었거든요."

“오래 있었나요?”

“아뇨, 몬테카를로에만 갔다가 곧장 돌아왔어요. 출발할 때 1,200달러 넘게 가져갔는데 도박판에서 이틀 만에 몽땅 날려 버렸지요. 돌아올 때 얼마나 고생을 했는지 몰라요. 그놈의 도시라면 이제 진절머리가 나요!”

늦은 오후의 하늘이 잠시 지중해의 푸른 바다처럼 화려하게 창문에 비쳤다. 바로 그 순간, 매키 부인의 날카로운 목소리가 귓전에 울려 퍼졌다.

“저도 자칫 실수를 할 뻔했어요. 키 작은 유대 인이 몇 년 동안이나 따라다니는 바람에 결혼할 뻔했거든요. 저보다 못한 사람이란 걸 뻔히 알고 있었는데도요. 제가 체스터를 만나지 못했더라면 분명히 그 남자와 결혼했을 거예요.”

머틀이 고개를 위아래로 끄덕이면서 말했다.

“그래도 당신은 그 남자와 결혼하지는 않았잖아요. 그런데 난 결혼을 했어요. 그게 당신과 나의 결정적인 차이죠.”

그때 캐서린이 물었다.

“언니는 왜 형부와 결혼했어? 아무도 강요하지 않았는데.”

머틀은 잠시 생각에 잠겼다가 입을 열었다.

“그 사람을 신사로 착각했기 때문이야. 난 그가 교양 있는 사람이라고 생각했거든. 알고 보니 내 신발을 핥을 자격도 없는 사람이었지만.”

"그래도 언니는 한동안 그 사람에게 미쳐 있었잖아."

"내가 미쳐 있었다고?"

캐서린의 말에 머틀은 도저히 믿어지지 않는다는 듯 소리를 질렀다.

"내가 그 작자에게 미쳐 있었다고 누가 그래? 저기 있는 저 사람에게 미쳐 본 적도 없는데 어떻게 그런 작자에게 미칠 수가 있겠니? 단 한 번도 그런 적이 없어. 혹시라도 내가 그에게 미친 적이 있다면 결혼식을 올리던 당시뿐이야. 하지만 곧 실수라는 걸 깨달았지. 그 작자는 결혼식 때 예복을 빌려 입고도 나한테는 아무 말을 하지 않았어. 어느 날 옷 임자가 옷을 찾으러 왔더라고. 그제야 그 사실을 알고 얼마나 울었던지……."

캐서린이 나에게 다시 말했다.

"그때라도 형부를 차 버렸어야 했는데……. 두 사람은 자동차 정비소에서 11년 동안이나 살았어요. 톰은 언니의 첫 애인인 셈이죠."

방 안에 있는 사람들은 계속해서 위스키 병을 비워 댔다. 톰은 인터폰을 눌러 심부름꾼을 부른 다음, 만족스런 저녁 식사가 될 수 있도록 유명한 가게의 샌드위치를 사 오라고 일렀다.

나는 이제 그만 밖으로 나가 부드러운 황혼 속의 공원을 좀 걷고 싶었지만, 나가려고 할 때마다 꺼림칙한 이야기들이 밧줄처럼 발목을 잡아서 의자에 끌어 앉히곤 했다. 도시의 하늘 위로

줄지어 있는 창문들은 그렇게 어둠이 내리는 길목에서 무심히 고개를 드는 사람에게 은밀한 비밀을 조금씩 속삭여 주고 있었다. 어쩌다 나 역시 그 창문들을 바라보며 궁금증을 감추지 못하는 사람 중 하나가 되어 버렸다.

머틀은 의자를 끌어당겨 내게로 가까이 다가오더니, 더운 입김을 뿜으며 톰과 처음 만났을 때의 이야기를 들려주었다.

"기차를 타면 언제나 마지막까지 남는 자리가 있게 마련이 잖아요. 서로 마주 보고 있는 자리 말예요. 거기서 일이 벌어지고 말았죠. 나는 동생을 만나러 뉴욕으로 가는 길이었어요. 그때 그는 말쑥한 신사복에 번쩍이는 에나멜가죽 구두를 신고 있었답니다. 그에게서 눈을 뗄 수가 없었어요. 마침내 역에 도착했을 때, 우연히 그와 나란히 걷게 되었는데……. 어쩌다 그의 팔이 내 가슴을 누르게 되었어요. 나는 짐짓 경찰관을 부르겠다고 협박을 했지요. 그는 내가 거짓말하고 있다는 걸 이미 눈치채고 있었답니다. 나는 어찌나 흥분을 했던지, 잠시 후 그와 함께 택시를 타고도 그 사실을 알아차리지 못할 정도였어요. 머릿속에서 '너는 영원히 살 수 없어. 영원히 살 수 없어.' 이 말만 끊임없이 맴돌았거든요."

머틀은 말을 마친 뒤, 매키 부인 쪽으로 몸을 돌렸다. 방 안은 금세 그녀의 부자연스런 웃음으로 꽉 채워졌다.

"이봐요, 이따가 이 옷을 당신에게 줄게요. 나는 내일 또 한 벌

살 예정이니까. 살 것이 많아요. 마사지 기계랑 파마기, 개 목걸이, 재떨이…… . 잊어버리지 않게 종이에다 조목조목 적어 둬야겠어요.”

시간은 잘도 흘러갔다. 어느새 10시였다. 매키는 두 주먹을 꽉 쥔 채 무릎 위에 올려놓고는 잠이 들어 있었다. 강아지는 탁자에 앉아 담배 연기 자욱한 방 안을 둘러보면서 이따금 작은 소리로 끙끙거렸다. 사람들은 사라졌다가 다시 나타났고, 쉼 없이 어디론가 떠날 계획을 세웠다. 그러다 조금 전에 대화를 나누던 상대를 찾아 이리저리 떠돌았다.

자정이 가까워질 무렵, 톰과 머틀은 얼굴을 맞댄 채 열띤 목소리로 논쟁을 벌였다. 실은 머틀이 데이지의 이름을 입에 올릴 권리가 있는지 없는지를 두고 말다툼을 하는 것이었다. 머틀이 소리쳤다.

“데이지! 데이지! 데이지! 내가 부르고 싶으면 언제나 부를 거예요! 데이지! 데이……. ”

순간 톰이 능숙한 동작으로 그녀의 코를 세게 후려쳤다. 그와 동시에 여자들이 고함을 치는 소리가 들렸고, 목욕탕 바닥에는 피 묻은 수건이 나동그라졌다. 그러나 아프다고 울부짖는 머틀의 목소리가 이런 소란보다 훨씬 더 높게 울려 퍼졌다.

매키는 잠에서 깨어나 어안이 벙벙한 상태로 문 쪽으로 가더니, 중간에 돌아서서 방 안의 광경을 바라보았다. 구급약을 들고 비좁은 가구 사이를 뛰어다니는 자신의 아내, 화를 내기도 하고 위로를 건네기도 하는 캐서린, 그리고 꽤 많은 피를 흘린 채 상심한 표정으로 긴 의자 위에 누워 있는 머틀의 모습이 보였다. 그는 다시 돌아서서 문 쪽으로 나갔다.

나는 샹들리에에 걸어 두었던 모자를 잽싸게 집어 들고 그의 뒤를 따랐다. 엘리베이터에 올라 숨을 가다듬고 나자 그가 말했다.

"언제 점심이나 하러 오시죠."

"어디로요?"

"어디든지요."

"좋습니다, 기꺼이 가지요."

나는 그의 점심 초대에 응했다.

그리고 얼마 후, 펜실베이니아 역의 서늘한 대합실에 누운 채 반쯤 감긴 눈으로 조간 신문 〈트리뷴〉을 보며 새벽 4시 기차를 기다렸다.

제 4 장

첫 만남

여름 내내 밤마다 이웃집에서 음악이 흘러나왔다. 개츠비의 푸른 정원에는 신사 숙녀들이 별빛을 받으며 샴페인을 사이에 두고 불나방처럼 분주하게 오갔다. 오후의 만조 때가 되면 그들은 다이빙을 하기도 하고, 해변의 뜨거운 모래 위에서 일광욕을 즐기기도 했다. 또 두 척의 모터보트가 폭포처럼 거품을 일으키며 바다를 가르기도 하였다.

주말이면 그의 롤스로이스 자가용이 아침 9시부터 자정이 넘도록 파티에 오가는 사람들을 실어 날랐다. 그의 노란색 스테이션왜건(접거나 뗄 수 있는 좌석이 있고, 뒷문으로 짐을 실을 수 있는 자동차—옮긴이)은 손님들이 기차 시간에 늦지 않도록 민첩한

딱정벌레처럼 잽싸게 뛰어다녔다.

그리고 월요일에는 특채로 뽑은 정원사를 포함한 여덟 명의 하인들이 하루 종일 걸레와 솔, 망치, 정원용 가위 등을 들고 간밤에 망가진 곳들을 손보았다.

그리고 2주일에 한 번씩 여러 명의 파티 플래너가 찾아와 개츠비의 거대한 정원에 수십 미터가량 되는 야회용 천막을 치고, 가장자리에 둘러선 나무에 갖가지 색전구로 장식을 하였다. 뷔페 테이블에는 화려한 빛깔의 전채 요리와 양념을 곁들여 구운 햄, 알록달록한 색깔이 돋보이는 샐러드, 밀가루를 고르게 발라 튀긴 돼지고기, 거무스름하면서도 금빛을 띤 칠면조 요리 등이 즐비하게 차려졌다.

7시가 되면 오케스트라가 도착했다. 소박한 5인조 악단이 아니라 오보에와 트롬본, 색소폰, 비올라, 코넷, 피콜로, 드럼 등을 고루 갖춘 완벽한 오케스트라였다. 그 즈음부터 뉴욕에서 오는 자동차들이 저택 안 도로 깊숙이까지 정차를 하였고, 여러 개의 홀과 살롱, 테라스에는 화려한 빛깔의 옷을 입고 최신 유행의 헤어스타일에 값비싼 숄을 두른 여자들이 붐비기 시작했다. 칵테일 쟁반이 어지럽게 돌아가는 정원에서는 잡담과 웃음소리, 그리고 즉흥적인 풍자와 만담으로 분위기가 한껏 무르익었다.

밤이 깊어 갈수록 불빛은 더욱 밝아졌다. 시간이 지나면서 웃음소리도 더 자주 터져 나왔다. 대화를 나누는 그룹은 더 빠르게 바뀌고, 손님들이 새로 도착할 때마다 사람들은 단숨에 흩어 졌다가 다시 모이곤 했다.

개츠비의 집을 처음 방문한 날 밤, 나는 정식으로 초대를 받은 몇 안 되는 손님 중 한 명이었다. 대부분의 사람들은 초대를 받지 않고 그냥 온 것이었다. 그들은 롱아일랜드로 태워다 주는 자동차를 타고 개츠비의 저택 앞에서 내린 것뿐이었다. 거기서 개츠비를 아는 사람이 소개를 해 주면, 그들은 유원지에 온 듯이 일반적인 규칙에 따라 일률적으로 움직였다. 가끔씩은 개츠비를 만나지 않은 채 즐기기만 하다가 가는 이들도 있었다. 그저 즐기자는 단순한 마음이 초대권인 셈이었다.

나는 정식으로 초대를 받았다. 토요일 아침 일찍, 푸른 제복을 입은 기사가 우리 집으로 찾아와 자기 주인이 전하는, 지극히 형식적인 초대장을 건넸다. 오늘 밤 그의 '보잘것없는 파티'에 왕림해 주신다면 다시없는 영광으로 여기겠다는 것이었다. 그는 나를 몇 번인가 본 적이 있으며, 오래전부터 한번 방문하고 싶었지만 사정이 여의치 않아 그러지 못했다는 내용이 덧붙어 있었다. 초대장 끝에는 위엄 있는 필체로 'J. 개츠비'라 휘갈긴 서명이 있었다.

7시가 조금 지나자, 나는 흰색 플란넬 양복을 차려입고 그의 잔디밭으로 건너갔다. 이리저리 오가는 낯선 사람들 틈에서 조금 겸연쩍은 기분으로 잠시 동안 어슬렁거렸다. 통근 열차에서 몇 차례 마주친 얼굴이 있기는 했지만, 딱히 다가가서 아는 척을 하기도 뭣한 분위기였다.

나는 일단 주인을 찾아보기로 했다. 그래서 몇몇 사람에게 그가 어디 있는지 물어보았지만 정확하게 알려 주는 사람은 없었다. 결국 나는 칵테일 테이블이 있는 곳으로 슬그머니 꽁무니를 빼고 말았다. 거기야말로 외톨이인 사람이 할 일 없어 보이거나 혼자임을 들키지 않고 얼쩡거릴 수 있는 유일한 장소였기 때문이다.

어색한 기분을 떨치기 위해 한잔 마시고 거나하게 취해 볼까, 하던 참에 조던의 모습을 발견하였다. 그녀는 집 안에서 나오더니, 대리석 계단 꼭대기에 서서 경멸 어린 듯하면서도 무언가 흥미로워하는 듯한 눈빛으로 정원을 내려다보고 있었다. 나는 그녀 쪽으로 다가가면서 소리쳤다.

"안녕하십니까!"

내 목소리는 정원을 가로질러 부자연스러울 정도로 크게 울렸다.

"오실지도 모른다고 생각했어요. 이웃에 사신다고 했던 걸 기억하고 있었거든요."

내가 가까이 가자 그녀가 멍한 얼굴로 대꾸했다. 그러고는 마치 나를 돌봐 주기로 작정한 듯 내 손을 움켜잡더니, 계단 밑에 서 있는 노란 드레스를 입은 두 여자에게로 다가갔다. 잠시 뒤,

두 사람은 조던을 발견하고 똑같이 소리쳤다.

"안녕하세요! 당신이 이기지 못해서 유감이에요."

골프 시합을 두고 하는 이야기였다. 그녀는 지난주에 결승전에서 졌던 것이다. 노란 드레스의 두 여자 중 한 여자가 말했다.

"당신은 우리가 누군지 모를 거예요. 한 달 전에 당신을 여기에서 만났지요."

조던이 말했다.

"그 뒤 머리에 염색을 하셨군요."

나는 그 여자들의 대화에 끼어들고 싶지 않아서 짐짓 다른 데로 발걸음을 옮기기 시작했다. 그러나 여자들이 별생각 없이 계속 따라오는 바람에 같이 움직일 수밖에 없었다. 조던은 황금빛으로 그을린 팔을 내 팔에 살며시 둘렀다. 칵테일 쟁반이 황혼 속에서 우리에게 건네졌다. 우리는 노란 드레스를 입은 두 여자, 그리고 저마다 자신을 '멈블'이라고 소개한 세 남자와 함께 식탁 앞에 앉았다. 조던이 자기 옆에 앉아 있는 여자에게 물었다.

"이런 파티에 자주 오시나요?"

그 여자는 자신감이 넘치는 목소리로 대답했다.

"네, 그런 편이죠. 난 사실 이런 파티가 참 좋아요. 루실, 너도 그렇지 않니?"

루실이라는 여자 역시 그렇다며 머리를 끄덕였다. 좀 전의 여자가 다시 말을 이었다.

"행동거지에 신경을 쓰지 않고 마음껏 즐길 수 있거든요. 지난번에 왔을 때는 의자에 옷이 걸려 찢어졌는데, 그분이 이름과 주소를 묻더라고요. 그러곤 1주일도 안 돼서 크루아리에 의상실에서 새 이브닝드레스를 소포로 보내왔어요."

"그 옷을 받았나요?"

조던이 물었다.

"물론이지요. 오늘 밤 그 옷을 입고 오려고 했지만 가슴 쪽이 너무 커서 줄여야 해요. 보라색 구슬이 달린 푸른색 드레스인데, 무려 265달러나 한다는군요."

"그렇게 지나친 호의를 베푸는 사람에게는 뭔가 수상한 구석이 있게 마련이에요. 누가 그러는데요, 언젠가 사람을 죽인 적이 있대요."

그 순간 우리는 모두 전율을 느꼈다. 세 사람의 '멈블'은 그 말에 호기심이 일었는지, 몸을 앞으로 기울인 채 열심히 귀를 기울였다. 그때 루실이 의심스럽다는 듯한 말투로 말했다.

"내 생각은 달라요. 전쟁 때 독일 스파이였다는 말이 더 일리가 있는 것 같거든요."

세 남자 중 한 명이 확신 어린 얼굴로 고개를 끄덕였다.

"나는 그 얘기를 독일에서 그와 함께 자라, 그에 관해선 모르는 게 없는 사람한테서 직접 들었어요."

첫 번째 여자가 말했다.

"아, 아니에요, 그럴 리가 없어요. 왜냐하면 그는 전쟁 때 미군에 소속돼 있었거든요."

우리가 그 말에 솔깃해 하자, 그녀는 그것을 의식한 듯 짐짓 몸을 앞으로 더 기울였다.

"그 사람 혼자 있을 때 표정을 잘 살펴보세요. 살인을 한 게 틀림없다니까요."

그녀는 눈을 찡그리며 몸까지 떨었다. 루실도 몸을 부르르 떨었다. 우리는 모두 고개를 돌려 개츠비가 어디 있는지 보려고 주위를 살폈다. 세상일을 놓고 쑥덕이는 일에 흥미가 없는 사람들조차 그에 관해 수군거린다는 것은, 그만큼 개츠비가 세상 사람들에게 낭만적인 추측을 불러일으키고 있다는 증거였다.

첫 번째 만찬이 나오기 시작할 무렵, 조던은 정원의 다른 쪽 탁자에 자리 잡고 있는 자신의 일행과 함께 식사를 하자며 나를 그쪽으로 이끌었다. 거기에는 세 쌍의 커플과 조던의 경호원 자격으로 따라온 남자 대학생이 한 명 있었다. 그런데 그 대학생은 끊임없이 난폭한 내용의 이야기를 지껄여 대었다. 머지않아 조던이 어떤 식으로든 자신한테 무릎을 꿇을 거라고 생각하는 듯이 보였다.

"우리, 밖으로 나가요. 제가 있기엔 너무 점잖은 자리 같아서 거북하네요."

어색한 분위기에서 반 시간 정도를 보낸 뒤 조던이 내 귀에 대고 속삭였다. 경호원 격인 대학생이 따라 일어서자, 그녀는 개츠비를 만나러 간다고 하면서 제지를 하였다. 그는 침울한 표정으로 고개를 끄덕였다.

우리가 먼저 들른 바에는 사람들이 몹시 붐비고 있었지만 개츠비의 모습은 보이지 않았다. 계단 꼭대기에도, 테라스에도 그는 없는 듯했다. 이윽고 정원에 쳐 놓은 천막에서 무도회가 시작되었다. 춤을 좋아하는 커플들은 서로를 끌어안은 채 리듬을 탔고, 혼자 온 여자들은 홀로 춤을 추거나 오케스트라에서 밴조나 타악기 연주자를 거들었다.

나는 여전히 조던과 함께 있었다. 우리는 내 또래의 남자 한 명과, 조금만 우스갯소리를 해도 미친 듯이 웃어 대는 수선스러운 아가씨가 함께 앉아 있는 탁자에 동석을 하였다. 나는 그제야 조금씩 흥이 나는 듯했다. 샴페인을 두 잔가량 마셔서 그런지, 눈앞에서 벌어지고 있는 파티가 새삼 흥미롭게 다가오기 시작했다.

소란이 조금 가라앉는 듯하자, 그 남자가 나를 보고 미소를 지었다.

"낯이 익습니다. 혹시 전쟁 때 제3사단에 근무하지 않았습니까?"

"아, 그렇습니다만. 제9기관총 대대에 있었지요."

"난 1918년 6월까지 제7보병대에 있었습니다. 어쩐지 전에 어디선가 뵌 듯하더라고요."

우리는 한동안 비가 많이 내려 음산하기 그지없었던 프랑스의 작은 마을에 관해 이야기를 나누었다. 얼마 전에 수상 비행기를 한 대 구입했으며, 내일 아침에는 꼭 타 볼 생각이라고 하는 걸로 보아 그 역시 이 근처에 살고 있는 게 틀림없었다.

"같이 타지 않겠습니까? 바로 이 앞 바닷가에서 말입니다."

"몇 시에요?"

"당신이 편한 시간이라면 아무 때나 좋습니다."

그의 이름을 물어보려는 순간, 조던이 미소를 지으며 내게 말했다.

"이제 기분이 좋아지신 모양이지요?"

"네, 많이 좋아졌습니다."

그렇게 대답하고 나서, 나는 남자 쪽으로 얼굴을 돌리며 말을 이었다.

"나한테는 좀 익숙하지 않은 파티여서요. 아직 주인도 만나 보지 못했거든요."

나는 손을 들어 울타리 쪽을 가리켰다.

"개츠비라는 분이 기사 편에 초대장을 보내왔어요."

그는 내 말을 이해하지 못한 듯 잠시 동안 나를 멍하니 쳐다보았다. 그러다가 불쑥 이렇게 말했다.

"내가 개츠비입니다."

“뭐라고요! 아, 이런, 실례했습니다.”

나는 깜짝 놀라 큰 소리로 말했다.

“나는 당신이 알고 계신 줄 알았습니다. 내가 주인 노릇을 제대로 못했군요.”

그는 사려 깊은 미소를 지어 보였다. 아니, 사려 이상의 그 무엇이 담긴 미소였다. 영원히 변치 않을 듯한 확신이 내비치는, 평생 동안 네댓 번밖에 만날 수 없는 그런 미소였다. 바로 그때, 집사가 급히 다가와 시카고에서 전화가 걸려 왔다고 전했다. 그는 우리를 한 사람씩 돌아보면서 고개를 살짝 숙이고는 실례하겠다고 말했다. 그러고 나서 내게 덧붙였다.

“뭐든지 원하는 게 있으시면 부탁하십시오. 그럼 이만 실례합니다. 나중에 다시 자리를 같이하도록 하지요.”

그가 자리를 뜨자마자 나는 조던 쪽으로 얼굴을 돌렸다. 나의 놀라움을 그녀에게 알리고 싶어서였다. 그동안 나는 막연히 개츠비가 몸집이 아주 큰 중년 신사일 거라고 상상했던 것이다.

“저 사람에 대해 아는 게 있나요?”

“그냥 개츠비라는 사람일 뿐이에요.”

“어디 출신이냔 말이지요. 그리고 뭘 하는 사람이죠?”

“이젠 당신도 그 주제에 발동이 걸리셨군요. 글쎄요, 언뜻 듣기론 옥스퍼드 대학교 출신이라고 하던데…….”

그녀는 희미하게 미소를 띠며 대답했다. 개츠비의 배경이 어

렴풋하게나마 윤곽이 잡히는 듯했지만, 그녀의 다음 말 때문에
다시 흔들려 버렸다.

"하지만 난 믿지 않아요."

"왜 믿지 않죠?"

"잘 모르겠어요. 어쩐지 그가 그곳에 다녔으리라고 생각되지
않아요."

그녀의 말투에서 "살인을 한 게 틀림없다니까요."라고 하던
다른 여자의 말이 떠올랐다. 사실 나는 개츠비가 루이지애나 주
의 습지대나 뉴욕 시의 이스트사이드 아래쪽 출신이라고 해도
믿었을지 모른다. 나의 경험에 비춰 보면, 젊은 사람들은 어디인
지 모르는 곳에서 흘러 들어와서 롱아일랜드 해협에 궁전 같은
저택을 사지는 않기 때문이었다.

"어쨌든 그가 여는 파티는 굉장해요. 그리고 난 이렇게 성대한
파티가 좋아요. 남의 눈에 잘 띄지 않잖아요. 작은 파티에서는
사생활이 다 까발려지거든요."

조던은 그런 딱딱한 얘기는 재미가 없다는 듯 재빨리 화제를
돌렸다. 그때 북소리가 울리더니, 오케스트라 지휘자의 목소리
가 정원의 떠들썩한 소리를 압도하면서 울려 퍼졌다.

"신사 숙녀 여러분! 개츠비 씨의 요청으로 여러분을 위해 블
라디미르 토스트프 씨의 최근 작품을 연주하도록 하겠습니다.
이 곡은 지난 5월 카네기 홀에서 많은 관심을 끌었습니다. 신문

에서 읽으신 분들은 아시겠지만, 관객들에게 대단히 신선한 충격을 안긴 작품이지요!”

토스토프의 곡은 내 귀에 제대로 들어오지 않았다. 연주가 시작되자마자, 대리석 계단 위에 혼자 서서 흐뭇한 눈길로 여기저기 모여 있는 사람들을 둘러보고 있는 개츠비의 모습이 눈에 띄었기 때문이다. 햇볕에 그을린 피부는 보기 좋게 팽팽했고, 짧게 자른 머리카락은 빗질을 자주 한 듯 단정해 보였다. 나는 그에게서 그 어떤 수상한 그림자도 찾을 수 없었다. 다만 그가 술을 마시지 않는다는 사실만이 손님들과 명확히 구별될 뿐이었다. 손님들이 떠드는 소리가 커지면 커질수록 그의 모습은 더욱더 빈틈없어 보였다.

“실례합니다. 조던 베이커 양이십니까?”

어느새 개츠비의 집사가 우리 옆에 다가와 있었다.

“실례합니다만, 개츠비 씨가 단둘이서 얘기를 나누고 싶어 하십니다.”

“나하고요?”

그녀는 놀라서 소리쳤다.

“네, 그렇습니다.”

그녀는 놀라움의 표시로 나한테 눈썹을 짐짓 추켜올려 보이고는 천천히 자리에서 일어나 집사와 함께 집 쪽으로 걸어갔다. 나는 이브닝드레스를 입은 그녀의 뒷모습을 물끄러미 바라보았다. 그녀는 어떤 옷을 입어도 운동복을 입은 것 같은 느낌을 자아냈다. 맑고 상쾌한 아침에 골프장에서 처음 골프를 배우는 사람처럼 그녀의 발걸음은 경쾌해 보였다.

새벽 2시 무렵이 되자, 테라스 위로 창이 많은 기다란 방에서 소란스러우면서도 흥미를 끄는 소리가 들려왔다. 나는 집 안으로 들어갔다.

커다란 방은 사람들로 가득 차 있었다. 노란 드레스의 아가씨 중 한 명은 피아노를 치고 있었고, 그녀 옆에는 유명한 코러스 출신의 젊은 부인이 서서 노래를 부르고 있었다. 술에 취한 그녀는 세상살이가 몹시 고달프다는 듯 훌쩍거리고 있었다. 속눈썹에 덧바른 마스카라에 눈물이 닿자, 화장이 번지면서 검은 실개천처럼 줄기를 이루며 아래로 흘러내렸다.

"저 여자는 남편과 다퉜다나 봐요."

내 곁에 서 있던 여자가 설명했다. 나는 주위를 둘러보았다. 많은 여자들이 자기 남편과 다투고 있었다. 조던과 함께 이스트에그에서 온 두 부부도 다툼 끝에 뿔뿔이 흩어져 버렸다. 집에 가기 싫어하는 것은 바람난 사내들뿐만이 아니었다. 홀에는 술에 취하지 않은 두 남자와, 몹시 화가 난 그들의 부인들이 점령군처럼 앉아 있었다. 부인들은 격앙된 목소리로 서로를 위로했다.

"내가 기분 좀 내보려 하면 남편은 늘 집에 가자고 해요."

"그렇게 이기적인 소리는 평생 처음 듣네요."

"우린 언제나 맨 먼저 집에 가는걸요, 뭐."

부인들은 입을 모아 험담을 늘어놓았지만 언쟁은 짧은 다툼으로 끝나 버렸다. 두 부인은 결국 발버둥을 치면서 어둠 속으로 끌려 나가고 말았다.

홀에서 하인이 모자를 가져다 주기를 기다리고 있을 때, 조던과 개츠비가 서재 문을 열고 나란히 걸어 나왔다. 개츠비는 그녀에게 뭔가 마지막 말을 하려다가, 몇몇 사람이 작별 인사를 하려고 다가서자 말문을 닫고 말았다.

조던의 일행 역시 현관에서 그녀를 재촉해 부르고 있었다. 그녀는 개츠비와 악수를 하느라고 얼마간 더 서성거린 뒤, 내 귀에 대고 이렇게 속삭였다.

"방금 놀라운 얘기를 들었어요. 우리가 저기서 얼마나 오래 있었나요?"

"글쎄요, 1시간쯤 됐을까요?"

그녀는 얼이 나간 듯 반복했다.

"정말로 놀라운 얘기예요. 하지만 다른 사람한테는 말하지 않겠다고 맹세했으니 당신을 애타게 할 수밖에 없겠네요."

그녀는 내 얼굴에다 대고 우아하게 하품을 했다.

"나중에 연락 주세요. 전화번호부에서 시고니 하워드 부인을 찾으면 돼요. 숙모거든요."

조던은 이렇게 말한 후, 갈색 손을 흔들며 문간에 모여 있는 일행 속으로 사라졌다.

나는 처음 참석한 파티에 너무 늦게까지 있다는 사실이 조금 부끄럽게 느껴졌지만, 개츠비를 중심으로 모여 있는 손님들과 마지막까지 어울렸다. 초저녁부터 그를 찾아다녔다는 사실을 말하고, 정원에서 미처 알아보지 못한 일을 사과하고 싶어서였다.

"천만의 말씀입니다. 너무 신경 쓰지 마세요."

그는 안심시키려는 듯 내 어깨를 토닥였다. 그의 손길이 몹시 친밀하게 느껴졌다.

"내일 아침 9시에 수상 비행기를 타기로 한 약속, 절대로 잊지 마십시오."

바로 그때 집사가 그의 어깨 뒤에서 말했다.

"필라델피아에서 전화가 왔습니다."

"알았어, 잠깐만 기다려. 곧 간다고 해……. 자, 그럼 안녕히 가십시오."

"안녕히 주무세요."

"안녕히 가세요."

그는 미소를 지었다. 마치 내가 마지막까지 남은 손님들 사이에 있어서 기쁘다는 듯이.

나는 잔디밭을 가로질러 집으로 향하다가 불현듯 뒤를 돌아보았다. 오늘도 어김없이 웨이퍼 과자 같은 달이 개츠비의 저택을 환히 비추며 밤하늘을 아름답게 장식하고 있었다.

지금까지 내가 써 놓은 것을 읽어 보면 몇 주일 간격으로 일어난 사건들이 마치 나를 완전히 사로잡은 것 같은 인상을 주고 있는 듯하다. 하지만 냉정하게 생각해 보면, 그것들은 다만 사람들로 붐비던 어느 여름날에 일어난 우연한 사건에 지나지 않는다. 그때까지만 해도 나는 그 사건들보다는 나 자신의 개인적인 일에 관심이 더 많았다.

나는 대부분의 시간을 일을 하며 보냈다. 이른 아침 프로비티 신탁 회사를 향해 뉴욕 시의 하얀 건물들 사이를 급히 걸어갈 때면 태양이 내 그림자를 서쪽으로 드리우곤 했다. 나는 쉴 새 없이 일을 한 뒤, 다른 직원들과 함께 사람들이 붐비는 식당에서 구운 소시지와 으깬 감자, 그리고 커피로 점심을 때웠다.

저녁은 대개 예일 클럽(예일 대학교 졸업생과 교수를 위한 클럽으로, 맨해튼의 그랜드센트럴 역 근처에 있다.—옮긴이)에서 먹었다. 무슨 이유인지 모르겠지만, 하루 중 이때가 가장 우울한 시간이었다. 식사를 마치고 나면 위층의 도서실에 올라가 1시간가량 증권에 관한 공부를 했다.

클럽에는 으레 시끄럽게 구는 건달들이 있게 마련이지만, 그들이 도서실까지 들어오지는 않기 때문에 조용히 공부를 하기에는 더없이 안성맞춤이었다. 공부를 끝낸 뒤에는 부드럽고 달콤한 밤공기를 마시면서 매디슨 가와 33번가를 지나 펜실베이니아 역으로 걸음을 옮겼다.

나는 새삼 뉴욕이 좋아지기 시작했다. 활기찬 밤의 느낌, 끊임없이 명멸하는 남녀, 그리고 분주하게 오가는 자동차 들이 마음에 들기 시작했다. 나는 5번가를 걸어 올라가며 군중 속에서 낭만적인 여자를 한 명 골라낸 다음, 단 몇 분 만에 그녀의 일상 속으로 파고들어 가는 상상을 즐기곤 했다.

내 머릿속에서만 일어나는 일이었기에, 어느 누구도 그 사실을 눈치채거나 그러지 말라고 충고하지 않았다. 때로는 골목 깊숙이에 있는 그녀의 아파트 입구까지 따라가는 상상을 하기도 했다. 그녀가 문을 열고 따뜻한 어둠 속으로 사라지기 직전, 나를 돌아보며 살며시 미소 짓는 모습을 떠올리면 은근히 기분이 좋아졌다.

나는 한동안 조던을 보지 못하다가, 한여름에 우연히 다시 만났다. 처음에는 그녀가 골프 챔피언이라, 많은 사람들이 알아보았기 때문에 우쭐한 마음으로 여기저기 함께 돌아다녔다. 그러다가 상황은 그 이상으로 진전되었다. 그녀를 딱히 사랑하는 건 아니었지만, 애정이 깃든 호기심 같은 감정을 느끼게 되었던 것이다.

그녀의 따분하고 거만한 얼굴은 세상을 향해 뭔가를 숨기고 있는 듯이 보였다. 비록 처음에는 그렇지 않았다 하더라도 대부분의 가식은 결국 뭔가를 숨기고 있게 마련이니까. 실제로 오래지 않아, 나는 그것이 무엇인지 알아냈다. 우리가 워릭(뉴욕 시 북쪽에 위치한 근교―옮긴이)에서 열린 파티에 함께 갔을 때, 그녀는 빌려온 자동차의 선루프(자동차의 지붕에 설치하는 간이 창―옮긴이)를 열어 놓은 채 빗속에 세워 두고선 거짓말을 하였다.

그러자 문득 데이지의 집에 갔을 때는 미처 생각나지 않았던 이야기가 떠올랐다. 처음 그녀가 골프 선수권 대회에 참가했을 때 신문에까지 날 뻔한 큰 소동이 있었다. 준결승에서, 치기 어려운 지점에 떨어진 골프공을 치기 쉬운 장소로 옮겨 놓은 것이었다. 그 사건은 추문으로까지 번졌으나 나중에는 유야무야되고 말았다. 무슨 까닭인지 캐디는 자신이 했던 진술을 취소했고, 단 한 명뿐이었던 목격자는 자기가 잘못 본 것일 수도 있다며 얼버무렸다. 그러나 그 사건은 내 머릿속에서 지워지지 않은 채 여전히 남아 있었다.

조던은 날카롭거나 영리한 사람을 본능적으로 피했다. 이제 와서 생각해 보니, 그녀는 납득하기 힘들 정도로 부정직했다. 불리한 입장에 서는 것을 참지 못하는 성격이어서, 아주 어렸을 적부터 차갑고 오만한 미소를 지어 보이며 남을 쉽게 속여 온 것 같았다.

그렇다고 해서 내 마음이 달라진 것은 아니었다. 여자의 부정 직함이란 그렇게 심하게 나무랄 것이 못 되었기 때문이다. 물론 순간적으로 섭섭한 마음이 들긴 했지만 이내 잊어버리고 말았다. 우리가 자동차 운전에 관해 묘한 대화를 주고받은 것도 바로 그 워릭에서 열린 파티에서였다. 이야기의 발단은 그녀가 지나가는 노동자들 곁으로 차를 바싹 붙여서 몰고 가다가, 범퍼로 그중 한 사람의 외투를 가볍게 스친 데서 비롯되었다.

"운전 솜씨가 아주 형편없군요. 그렇다면 좀 더 조심을 하든가, 아예 운전을 하지 말아야죠."

당황한 나머지, 나도 모르게 힐난 조로 말했다.

"조심하고 있어요."

"아니, 당신은 그렇지 않아요."

"그럼 다른 사람들이 조심하겠지요. 위험하다 싶으면, 그들이 비켜 갈 게 아니냔 말이에요. 어차피 사고가 나려면 양쪽 모두 실수를 해야 한다고요."

그녀는 끝내 고집을 피웠다.

"만약 당신처럼 부주의한 사람을 만나게 되면 어떻게 하려고 그래요?"

"그런 일이 없기를 바라야죠. 난 조심성 없는 사람은 딱 질색이거든요. 당신을 좋아하는 이유도 그 때문이고요."

그 말을 듣는 순간, 가슴 밑바닥에서 그녀에 대한 사랑이 솟구쳐 올랐다. 그러나 나는 생각의 흐름이 느린 데다, 욕망에 브레이크를 거는 내면의 규칙들을 지나치게 많이 갖고 있었다. 먼저 고향에서 있었던 작은 연애 사건에서 확실히 빠져나와야겠다는 생각이 들었다. 고작 1주일에 한 번씩 편지를 주고받으며 "당신의 사랑하는 닉."이라고 서명한 게 전부인 데다, 그 아가씨에 관해 생각나는 것이라고는 테니스를 칠 때 윗입술에 살며시 땀방울이 맺혔다는 것뿐이지만. 고작 그 정도의 관계일지라도 확실히 끊어 버리지 않고는 자유로워질 수 없는 게 나의 성격이었다.

사람은 누구나 자기가 기본적인 덕목 중 한 가지는 갖추고 있다고 생각하며 살아가고 있다. 물론 나에게도 그런 덕목이 있다. 나 자신이 바로 내가 알고 있는, 얼마 안 되는 정직한 사람 중의 하나라는 사실이다.

제 5 장

첫사랑의 기억

일요일 아침, 교회 종소리가 해변 마을에 울려 퍼질 때 상류 사회 사람들과 그들의 연인들은 또다시 개츠비의 저택에 모여 널따란 잔디밭에 찬란한 빛을 뿌리고 있었다. 젊은 부인들이 개츠비의 칵테일 바와 꽃밭 사이를 오가며 말했다.

"그 사람은 밀주업자래요. 자기가 폰 힌덴부르크(독일의 군인·정치가. 제1차 세계 대전 때 독일군 원수로 참전했으며, 공화국 제2대 대통령을 지냈다.─옮긴이)의 조카라는 게 밝혀지자, 그 사실을 알아낸 사람을 죽여 버렸다는군요."

언젠가 나는 기차 시각표의 여백에다, 그해 여름 개츠비의 저택에 왔다간 사람들의 이름을 적어 놓았다. 이제는 낡아서 접힌

곳이 다 해졌지만, 지금도 희미하게 남아 있는 이름들을 알아볼 수는 있었다. 그 이름들은 대개 개츠비의 환대를 받고서도 정작 그에 관해서는 아무것도 모른다는 식의 무성의함으로 보답을 하곤 했다.

이스트에그에서는 체스터 베커 부부, 리치 부부, 내가 예일 대학교에서 알고 지냈던 번슨, 지난 여름 메인 주에서 물에 빠져 죽은 웹스트 시벳 박사 등이 다녀갔다. 그 외에도 치들 부부, 슈레이더 부부, 에이브럼 부부, 피시가드 부부, 스넬 부부 등이 왔었다.

웨스트에그에서는 폴 부부, 멀레디 부부, 캐틀립 부부, 벰버그 부부, 드 종 부부가 다녀갔으며, 영화사 '필름 스파 엑설런트'를 장악하고 있는 뉴턴 오키드를 비롯해서 영화와 이런 저런 관계가 있는 사람들도 찾아와 파티를 즐겼다.

물론 그 외에도 수많은 사람들이 개츠비의 저택에서 열린 파티에 참석했다. 주 상원 위원은 물론 재향 군인회 회장, 어느 나라의 왕자인가 하는 사람까지 다녀갔으니 그야말로 각계각층의 다양한 사람들이 그의 집에서 열린 파티를 즐긴 셈이었다. 심지어 그중에는 부랑자와 살인자, 도박꾼도 있었다.

7월 하순의 어느 날 아침 9시경, 개츠비의 호화로운 자동차가 돌이 많은 차도를 비틀거리며 기어 올라와 우리 집 문 앞에 멈추었다. 그는 세 가지 음정으로 이루어진 멜로디로 경적을 울렸다. 그가 나를 찾아온 것은 이번이 처음이었다. 비록 나는 그가 여는 파티에 두 번이나 참석했고, 수상 비행기를 함께 탄 적이 있으며, 그의 간곡한 초대로 저택 앞 해변을 자주 이용하긴 했지만 말이다.

그는 자동차에 몸을 기댄 채 자못 여유로운 표정으로 말했다.

"잘 있었소? 오늘 나하고 점심이나 같이합시다. 내 차로 함께 가지요. 차, 멋있죠? 전에 이런 차를 보신 적이 있나요?"

그는 내가 더 잘 볼 수 있도록 자동차에서 몸을 떼어 한 걸음 옆으로 비켜섰다.

물론 그 전에도 이런 차를 본 적이 있었다. 아니, 누구나 다 보았을 것이다. 짙은 크림색에 번쩍이는 니켈이 장식돼 있고, 괴물처럼 기다란 차체 곳곳에 뽐내듯이 모자와 장난감, 그리고 음식을 담은 상자가 놓여 있으며, 앞유리가 여러 겹으로 설계돼 있어서 햇볕이 겹겹이 반사되는…….

우리는 곧 그 가죽 온실 같은 자동차를 타고 시내로 출발했다. 나는 지난달에도 그와 대여섯 번가량 이야기를 나눴다. 하지만 실망스럽게도 그에게는 별다른 화젯거리가 없었다. 뭐라고 딱히 못 박을 수는 없지만, 막연히 그가 중요한 인물일 거라 생각했던 첫인상은 차츰 사라져 버렸다. 이제는 단순히 이웃의 화려한 연회장 주인처럼 느껴지기 시작했다. 그런데 공교롭게도 그날 그와 자동차를 함께 타고 가게 된 것이었다.

웨스트에그에 도착하기도 전에 개츠비는 우아한 말투를 버리더니 손바닥으로 자신의 무릎을 탁탁 치기 시작했다. 그러다 대뜸 이렇게 말했다.

"혹시 나를 어떻게 생각하십니까?"

나는 당황한 나머지, 적절한 말을 찾지 못해 얼른 대답을 하지 못했다.

"그럼 그동안 내가 어떻게 살아왔는지 좀 들려 드려야겠군요. 다른 데서 들은 이야기들 때문에 나를 오해하는 일이 없었으면 해서요."

그러고 보니, 그는 자신의 집 정원과 홀에서 오간 이야기들에 담긴 미묘한 비난들을 이미 알고 있었던 모양이다.

"하느님께 맹세코 진실을 말씀드리겠습니다."

그는 신의 처벌을 멈추게 하려는 듯 오른손을 갑자기 높이 쳐들었다.

"난 중서부의 어느 부잣집에서 태어났어요. 가족은 모두 죽고 없습니다. 미국에서 자랐지만 교육은 옥스퍼드에서 받았고요. 조상 대대로 그곳에서 교육을 받았거든요."

그는 곁눈질로 나를 바라보았다. 그 순간 조던이 왜 그가 거짓말을 하고 있다고 믿는지 알 수 있었다. 그는 '교육은 옥스퍼드에서 받았다'는 말을 서둘러서 했는데, 마치 언젠가 그 말 때문에 곤욕을 치른 적이라도 있는 것처럼 끝을 삼켜 버렸다.

"중서부 어디 출신이십니까?"

나는 아무렇지도 않은 목소리로 물었다.

"샌프란시스코예요. 가족이 한꺼번에 세상을 떠나는 바람에 거액의 유산을 상속받게 됐지요."

그는 가족의 갑작스런 죽음에 대한 기억이 아직도 마음에서 떠나지 않는 듯 목소리가 자못 엄숙해졌다. 순간 그가 나를 놀리고 있는 게 아닌가, 하는 의구심이 들어서 그의 얼굴을 짐짓 빤히 쳐다보았다.

"그 뒤 실의에 빠진 젊은 왕자처럼 유럽의 도시들, 그러니까 파리와 베니스, 로마 등지에 살면서 보석, 그중에서도 주로 루비를 수집하고 사파리 사냥을 하며 지냈습니다. 심심풀이로 그림도 좀 그렸고요. 어떻게든 가족을 잃은 슬픔을 잊으려고 애쓰면서 말입니다."

나는 터무니없는 그의 말에 웃음이 터져 나오려는 것을 간신히 참았다. 워낙에 속이 뻔히 들여다보이는 상투적인 내용이었기 때문이다.

"그러다가 전쟁이 일어났습니다. 내겐 구원이나 다름없는 그 기회를 맞아 죽으려고 무척이나 애를 썼지만 내 목숨은 마법에라도 걸린 모양이었습니다. 도무지 뜻대로 되지가 않더군요. 전쟁이 시작되었을 때 나는 중위로 임명되었지요. 아르곤 숲(프랑스 동부의 숲이 우거진 구릉지. 제1차 세계 대전 당시 미국군은 이곳에서 독일군에게 압승을 거두었다.—옮긴이) 전투에서 기관총 부대를 너무 전진시키는 바람에 양쪽 편에 800미터가량 틈이 생겨 보병 부대가 앞으로 나올 수 없는 상황이 되었어요. 그래서 130명의 병사가 이틀 낮 이틀 밤을 꼬박 그곳에 머물렀죠. 마침내 보병이 왔을 때 적국의 시체 더미 속에서 독일군 3개 사단의 휘장을 발견했어요. 그 바람에 나는 소령으로 승진을 했고요. 그 뒤로는 가는 곳마다 연합군 정부에서 훈장을 달아 주더군요. 심지어 몬테네그로, 그러니까 저 아드리아 해에 있는 그 작은 몬테네그로에서까지 훈장을 달아 주었을 정도니까요.”

그 작은 몬테네그로! 그는 목소리를 높여 발음하면서 고개를 끄덕였다. 미소를 지으면서⋯⋯. 그 미소는 몬테네그로의 수난의 역사를 이해하며, 그곳 사람들의 용감한 투쟁에 공감을 하는 듯했다. 순간 내 불신은 매혹 속으로 가라앉고 말았다.

개츠비는 주머니에 손을 넣더니, 리본이 달린 금속 하나를 꺼내어 내 손바닥 위에 떨어뜨렸다.

“몬테네그로에서 준 겁니다.”

놀랍게도 그것은 진짜처럼 보였다. ‘다닐로 훈장’이라고 씌어진 금속 가장자리에는 ‘몬테네그로, 니콜라스 왕’이라는 글자가 반원 모양으로 새겨져 있었다.

“여기 또, 내가 늘 갖고 다니는 게 있지요. 옥스퍼드 시절의 기념물입니다. 트리니티 대학 구내에서 찍은 겁니다. 내 왼쪽에 있는 친구는 동캐스터 백작이지요."

사진 속에는 플란넬 운동복을 입은 청년 대여섯 명이 아치 아래에서 빈둥거리고 있었고, 그 뒤로는 트리니티 대학 특유의 뾰족탑이 우뚝 서 있었다. 그리고 그 청년들 속에 크리켓(각기 열한 명으로 이루어진 두 팀이 공격과 수비를 번갈아 하면서 득점을 겨루는 경기, 투수가 던진 나무 공을 타자가 방망이로 쳐서 위켓(나무 막대)을 쓰러뜨리면 득점하게 된다.—옮긴이) 방망이를 들고 있는, 약간 젊어 보이는 개츠비가 있었다.

그렇다면 이 모든 것이 사실인 셈이었다. 그는 만족스러운 표정으로 기념품들을 주머니에 넣으며 다시 말을 이었다.

"오늘은 어려운 부탁을 하나 드리려고 합니다. 그래서 당신이 나에 관해 좀 알아두는 게 좋겠다고 생각했지요. 내가 별 볼일 없는 사람이라고 생각하지 않길 바랐어요. 내가 낯선 사람들과 주로 어울리는 건, 나에게 일어났던 슬픈 일들을 잊으려고 여기저기 떠돌아다니며 살았기 때문입니다."

그는 잠시 머뭇거렸다.

"오늘 오후에 그 얘기를 듣게 될 겁니다."

"점심 먹으면서요?"

"아뇨, 오후예요. 우연히 당신이 조던 양과 교제한다는 사실을 알게 되었어요."

"조던을 사랑하고 계신다는 말인가요?"

"그게 아니에요. 난 그녀를 사랑하지 않습니다. 하지만 조던 양이 이 문제를 당신에게 말해 주겠다고 했어요."

나는 '이 문제'라는 것이 무엇인지 전혀 짐작이 가지 않았다. 그것이 무엇이든 간에, 흥미롭다기보다는 귀찮다는 생각이 먼저 들었다. 나는 개츠비의 이야기를 들으려고 조던과 교제를 하는 게 아니었다. 그 부탁이란 것 역시 터무니없는 것일지 모른다는 생각이 들자, 사람들이 득시글거리는 그의 잔디밭에 성급하게 발을 들여놓은 일이 후회되기 시작했다.

그는 더 이상 아무 말도 하지 않았다. 뉴욕 시에 가까워지자, 그의 태도는 다시 반듯해졌다. 우리는 오래된 술집들이 줄지어 있는 빈민굴의 자갈길을 빠른 속도로 지나갔다. 이윽고 양 옆으로 재의 골짜기가 펼쳐졌다. 그곳을 지나갈 때, 정비소에서 머틀이 헐떡거리며 펌프질을 하고 있는 모습이 스쳤다.

거대한 다리 위에서는 햇빛이 들보 사이를 지나 쉼 없이 움직이는 자동차들 위로 어른거렸다. 강 건너로는 도시가 하얀 설탕 덩어리처럼 우뚝 솟아 있었다.

퀸스보로 다리 위에서 바라보는 뉴욕 시는 늘 처음 보는 도시처럼 낯설고 신선했다. 세상의 모든 신비와 아름다움을 처음 그대로 간직하고 있다는 점에서 언제나 열광을 할 수밖에 없는 도시란 생각이 들었다.

소란스런 정오였다. 냉방이 잘 되는 42번가의 지하 레스토랑에서 나는 개츠비와 점심을 먹기로 했다. 거리에서 쏟아져 들어오는 햇살 때문에 눈이 먹먹해서 한참을 끔벅거리다가, 대기실에서 다른 사람과 이야기를 나누고 있는 그를 겨우 알아보았다.

"캐러웨이 씨, 이쪽은 내 친구 울프심입니다."

체구가 작고 코가 납작한 유대 인이 커다란 머리를 쳐들고 나를 쳐다보았다. 실내가 어둠침침했던 탓에 자그마한 그의 눈을 찾아내는 데 한참이 걸렸다.

"……캐스포에서 그 돈을 건네주며 이렇게 말했지. '좋아, 캐스포. 입을 다물기 전까진 그에게 한푼도 주지 마.'라고 말이야. 그랬더니 그 자리에서 바로 입을 다물더라고."

그때 개츠비가 우리 두 사람의 팔을 잡고 레스토랑 안으로 들어갔다. 울프심은 새로 꺼내기 시작한 말을 삼키고 최면에 걸린 것처럼 멍한 표정을 지었다. 웨이터가 물었다.

"하이볼로 드릴까요?"

"근사한 레스토랑이로군. 하지만 나는 길 건너가 더 좋아!"

울프심은 천장에 그려진 그림을 쳐다보면서 말했다.

"그래, 하이볼로 주게."

개츠비는 웨이터에게 이렇게 대답한 뒤, 울프심을 바라보며 말했다.

"거긴 너무 더워요."

"물론 덥고 좁지. 하지만 추억이 깃들어 있잖아."

"거기가 어딘데요?"

내가 물었다.

"옛 메트로폴(브로드웨이와 43번가 근처에 위치한 호텔—옮긴이) 말이오. 옛 메트로폴이라……."

울프심은 침울한 얼굴로 생각에 잠겼다.

"죽은 사람과 떠나가 버린 사람의 얼굴들로 가득 차 있지. 거기서 로지 로즌설이 총에 맞아 죽은 일은 평생 잊을 수가 없어. 그때 우린 밤새도록 먹고 마시고 했지. 새벽이 다 되었을 무렵, 웨이터가 그에게 다가와 밖에서 누가 잠깐 보자고 한다는 거야. 로지는 '좋아.' 하고 자리에서 일어섰어. 나는 그를 의자에 다시 끌어 앉히면서 '보고 싶으면 그놈들더러 직접 이리로 오라고 해. 로지, 밖으로 나가면 안 돼.'라고 말했지. 새벽 4시쯤 되었으니까, 덧문을 열었더라면 새벽빛을 볼 수 있었을 거야."

"그는 나갔습니까?"

나는 천진난만한 얼굴로 물었다. 울프심의 코가 어둠 속에서 번쩍 빛났다.

"물론 나갔지. '웨이터한테 내 커피는 가져오지 않아도 된다고 해 줘!'라고 소리치면서. 그가 밖으로 나가고 얼마 되지 않아서 총소리가 났지. 그놈들은 그의 팽팽한 배에다 총을 세 방이나 쏘고 달아나 버렸어."

“그들 중 네 명은 전기의자에서 사형을 당했지요.”

나는 기억을 더듬으며 말했다. 그의 코는 흥미롭다는 듯이 나를 향해 벌름거렸다.

“다섯 명이지요, 베커를 합치면. 그런데 당신은 사업 거래선을 찾고 있는 모양이로군.”

‘사업’과 ‘거래선’이란 말이 동시에 나오자, 나는 놀라움을 감추지 못했다. 개츠비가 나 대신 얼른 대답을 했다.

“아, 아닙니다. 이분은 그 사람이 아니에요!”

“아니라고? 미안하이. 사람을 잘못 봤군그래.”

울프심의 얼굴에 실망하는 빛이 역력하게 어렸다. 이윽고 잘게 썬 고기가 나오자, 울프심은 옛 메트로폴의 감상적인 분위기 따위는 까맣게 잊어버리고 게걸스럽게 먹기 시작했다. 그러면서도 눈은 연신 레스토랑 안을 두리번거렸다. 바로 뒤에 있는 사람들까지 휘둘러 보고 나서야 살피는 일을 끝냈다. 만약 내가 없었다면 우리가 앉아 있는 탁자 밑까지도 들여다보았을지 모른다.

그때 개츠비가 상체를 나한테로 기울이며 말했다.

“이봐요, 오늘 아침 차 안에서 내가 기분을 상하게 하지나 않았는지 걱정이 됩니다.”

그의 얼굴에는 예의 그 미소가 떠올라 있었다. 하지만 나는 언짢은 마음을 애써 감추고 싶지 않았다.

"나는 비밀을 싫어합니다. 왜 당신이 직접 툭 터놓고 원하는 것을 말하지 않는 겁니까? 군이 조던의 입을 통해야 하는 이유가 무엇입니까?"

"딱히 비밀이랄 것도 없어요. 아시다시피 조던 양은 대단한 선수가 아닙니까? 옳지 않은 일이라면 절대로 끼어들 리가 없지요. 그렇고말고요."

그는 나를 안심시키려는 듯이 말했다. 그러고는 갑자기 시계를 들여다보더니 자리를 박차고 일어나, 울프심과 나만 남겨둔 채 급히 밖으로 나갔다. 울프심이 그의 뒷모습을 바라보며 말했다.

"전화 걸 일이 있나 보군. 보기 드물게 좋은 친구지. 안 그런가요? 얼굴도 미남인 데다 나무랄 데 없는 신사죠."

"그래요!"

"그는 영국의 오그스퍼드 출신이에요. 혹시 오그스퍼드 대학 아시나?"

"네, 들어 봤습니다."

"세계에서 제일 유명한 대학 중 하나지요."

"개츠비 씨를 아신 지 오래되었나요?"

내가 물었다. 그는 꽤 만족스런 얼굴로 대답했다.

"알고 지낸 지 몇 년 되었어요. 운 좋게도 전쟁 직후에 그와 알게 되었지. 그와 1시간 동안 얘기를 나눠 보고 나서 교양 있는 사람을 만났구나, 하는 생각이 들었소. 집에 데려가서 어머니와 누이동생에게 소개시켜 주고 싶을 정도였지."

그는 잠시 말을 끊었다.

"내 커프스단추를 보고 있군그래."

사실 나는 그의 단추를 보고 있지 않았지만, 그가 그렇게 말하는 바람에 눈여겨보게 되었다. 이상하게도 친근감이 이는 상아 단추였다.

"인간의 어금니로 만든 최고급품이라오."

"그렇군요! 참 흥미로운 발상이네요."

나는 그 단추들을 자세히 살펴보았다. 그러자 그가 소매를 번쩍 치켜들었다. 그러다 이야기의 주인공이 막 돌아와서 탁자 앞에 앉자, 울프심은 커피를 입에 홀짝 털어놓고는 자리에서 일어섰다.

"점심 잘 먹었네. 자네들이 귀찮아하기 전에 난 그만 가 봐야겠어."

"서두를 필요 없어요, 울프심."

개츠비가 말하자, 그는 엄숙한 목소리로 대꾸했다.

"호의는 고맙지만 난 자네들과 세대가 달라서 말야. 자네들은 여기 앉아서 스포츠랑 젊은 아가씨들 이야기나 나누라고. 그리고……."

그는 나머지는 알아서 상상하라는 듯 다시 한 번 손을 흔들어 보였다. 악수를 하고 돌아설 때 보니, 그의 비극적인 코가 설핏 떨리고 있었다. 나는 혹시 그의 기분을 상하게 하는 말을 하지는 않았는지 곰곰이 따져 보았다.

잠시 후 개츠비가 내게 말했다.

"저 사람은 가끔씩 아주 감상적일 때가 있어요. 오늘이 바로 그런 날인가 봐요. 뉴욕에선 아주 보기 드문 인물이죠."

"뭐 하는 사람인데요? 치과 의사인가요?"

"마이어 울프심이? 아니, 그는 도박사입니다."

개츠비는 망설이다가 냉담한 목소리로 덧붙였다.

"1919년 월드 시리즈를 조작한 장본인이지요."

"월드 시리즈를 조작해요?"

너무나 놀란 나머지, 나도 모르게 되물었다. 그 말을 듣는 순간 머리가 아찔해졌기 때문이다. 물론 월드 시리즈가 조작되었다는 사실은 알고 있었지만, 불가피한 상황들이 얽혀서 우연히 발생한 일이라고 믿었던 것이다. 한 인간이 오천만 명이나 되는 사람들의 믿음을 갖고 장난을 칠 수 있으리란 생각은 꿈에도 해 보지 못했다.

"어떻게 그런 일이 일어날 수 있습니까? 그런데 왜 감옥에 들어가 있지 않죠?"

잠시 뒤, 나는 다시 물었다.

"그 사람을 집어넣지는 못해요. 보기보다 영리하거든요."

얼마 후 식사가 끝나자, 나는 점심 값을 내겠다고 고집을 부렸다. 웨이터가 계산을 마치고 거스름돈을 갖고 왔을 때, 나는 붐비는 사람들 틈에서 톰을 발견하였다. 나는 개츠비에게 얼른 손짓을 하였다.

"잠깐만 따라오세요. 인사할 사람이 있어서요."

마침 그때 나를 발견한 톰이 자리에서 벌떡 일어나더니, 우리 쪽으로 대여섯 발자국 다가왔다. 그는 조금 들뜬 목소리로 말했다.

"그동안 어디 있었나? 자네한테서 연락이 없다고 데이지가 몹시 화내고 있어."

"이쪽은 개츠비 씨, 그리고 이쪽은 부캐넌 씨."

그들은 짧게 악수를 나누었다. 그런데 개츠비의 얼굴이 어색하게 굳어지면서 당황하는 기색이 어렸다. 톰은 나에게 다시 다그쳐 물었다.

"도대체 그동안 어디 있었냔 말이야. 오늘은 어쩌다 이렇게 멀리까지 식사를 하러 왔고?"

"개츠비 씨와 점심 식사를 했다네."

나는 순간적으로 개츠비 쪽으로 몸을 돌렸지만, 그는 이미 자리를 뜨고 없었다.

1917년 10월, 어느 날이었지요……. (그날 오후 플라자 호텔 커피숍에서 만난 조던은 의자에 몸을 꼿꼿이 펴고 앉아 나에게 이렇게 말했다.)

　……나는 잔디밭과 보도 사이를 왔다 갔다 하면서 이리저리 걷고 있었어요. 잔디밭 쪽이 더 기분이 좋았지요. 밑창에 고무가 붙어 있는 구두를 신고 있어서 부드러운 잔디에 쏙쏙 잘 박혔거든요. 또 새로 산 체크무늬 스커트가 바람에 날리는 느낌이 좋기도 했고요. 바람이 불 때마다 집집마다 문 앞에 걸려 있는 붉은색과 흰색, 푸른색의 깃발 들이 빳빳이 펼쳐지면서 '탓, 탓, 탓' 하는 소리를 내었지요.

　깃발과 잔디밭 모두 데이지네 것이 제일 컸어요. 데이지는 나보다 두 살 위로 그때 열여덟 살이었는데, 루이빌의 아가씨들 가운데 가장 인기가 많았지요. 그녀는 흰옷을 즐겨 입었고, 흰색의 소형 로드스터를 몰고 다녔답니다. 데이지네 집에서는 하루 종일 전화벨이 울려 댔죠. 캠프 테일러에서 온 젊은 장교들이 그날 밤 '단 1시간만이라도' 그녀를 독차지하려고 야단법석을 떨었거든요.

　그날 아침 그녀의 집 맞은편에 가 보니, 흰색 로드스터가 길모퉁이에 서 있었어요. 차 안에는 처음 보는 중위와 그녀가 나란히 앉아 있었죠. 서로에게 어찌나 열중해 있는지 내가 가까이 가도록 전혀 눈치를 채지 못하는 거예요. 한참이 지난 뒤에야 데이지가 나를 발견하고 이렇게 소리쳤어요.

"안녕, 조던. 이리 좀 와 봐."

그녀가 나와 이야기하고 싶어 한다는 생각이 들자 순간 우쭐한 기분이 들었어요. 그때 나는 데이지를 무척 좋아하고 있었거든요. 그녀는 나한테 적십자사에 붕대를 만들러 가는 길이냐고 묻더니, 자기는 지금 갈 수 없으니 그렇게 전해 달라고 하더군요.

장교는 데이지가 말하는 동안, 줄곧 그녀의 얼굴만 바라보고 있었어요. 젊은 아가씨라면 누구나 받고 싶은 그런 시선이었죠. 어찌나 낭만적으로 보이던지, 그 눈빛이 지금도 생생해요. 그의 이름이 바로 제이 개츠비였어요. 난 그 뒤로 4년 넘게 그 사람을 보지 못했답니다. 그래서 롱아일랜드에서 다시 만났을 때 그 사람이리라고는 꿈에도 생각지 못했지요.

그것은 1917년의 일이었어요. 그 이듬해 골프 시합에 본격적으로 나가게 되면서 데이지를 자주 만나지 못했지요. 그런데 이상한 소문이 돌더군요. 어느 겨울 밤, 데이지가 해외로 가는 군인을 배웅하러 뉴욕에 가려고 가방을 챙기다가 어머니한테 들켰다는 거예요. 결국 가지 못하게 된 그녀는 몇 주일 동안 집안 식구들하고 말도 하지 않은 채 지냈대요. 그 일이 있은 뒤부터 그녀는 더 이상 군인들하고 사귀지 않았다고 하더군요.

하지만 이듬해 가을쯤엔 다시 예전처럼 명랑해져 있었어요. 제1차 세계 대전이 휴전에 들어간 뒤에는 사교계에 데뷔하더니, 2월에는 뉴올리언스 출신의 남자와 약혼을 했다는 소문이 떠돌

왔고요. 그런데 막상 6월이 되자, 그녀는 시카고의 톰 부캐넌과 결혼식을 올렸답니다. 루이빌에서는 일찍이 본 적 없는 성대한 결혼식이었지요. 그는 호텔을 통째로 빌린 다음, 자동차 넉 대로 백여 명의 하객들을 태워 날랐어요. 결혼식 전날에는 톰이 그녀에게 35만 달러짜리 진주 목걸이를 선물했다더군요.

그때 나는 신부의 들러리였어요. 피로연이 열리기 30분 전쯤 신부 대기실에 가 보았더니, 그녀는 꽃 장식을 한 드레스를 입고 아름다운 자태로 침대 위에 누워 있었어요. 그런데 가까이 다가가 보니, 곤드레만드레 취해 있지 뭐예요. 한 손에는 백포도주 병을 쥐고 있었고, 다른 한 손에는 편지를 들고 있었지요. 나를 보더니 이렇게 중얼거렸어요.

"축하해 줘. 왜 이렇게 기분이 좋을까? 난생처음 술을 마셔서 그런가?"

나는 더럭 겁이 나서 물었어요.

"데이지, 도대체 왜 그러는 거야?"

정말이에요. 그렇게 술에 취한 신부는 한 번도 본 적이 없었거든요. 데이지는 침대 위에 올려놓은 휴지통을 뒤지더니 진주 목걸이를 꺼냈어요.

"자, 이걸 갖고 가서 임자한테 돌려줘. 그리고 데이지의 마음이 변했다고 전해 주고. '데이지의 마음이 변했다'고 말이야!"

그녀는 울기 시작했어요. 울고 또 울었지요. 나는 급히 밖으로 뛰어나가 하녀를 찾아서 데려왔답니다. 그리고 곧 문을 걸어 잠근 뒤, 찬물을 채운 욕조에 그녀를 억지로 밀어 넣었지요. 그녀는 손에 쥔 편지를 끝까지 놓으려고 하지 않았어요. 그 편지를 갖고 욕조 안으로 들어가더니, 물에 담가 쥐어짜서는 눈송이처럼 산산조각이 나는 것을 보고서야 비로소 버리더군요. 하지만 그녀는 다른 말은 한 마디도 하지 않았어요. 우리는 그녀에게 암모니아수를 맡게 해 정신을 차리게 한 다음, 이마에 얼음을 얹고 다시 드레스를 입혀 주었지요. 그리고 30분쯤 뒤 방에서 나왔을 때, 그 진주 목걸이는 그녀의 목에 다시 걸려 있었고요.

그렇게 해서 그 해프닝은 끝이 났어요. 이튿날 5시에 그녀는 아무렇지도 않은 표정으로 톰과 결혼식을 올렸으니까요. 그리고 남태평양으로 석 달 여정의 신혼여행을 떠났지요.

그들이 돌아오고 난 뒤 샌타바버라에서 그들을 다시 만났는데, 나는 남편에게 그렇듯 미쳐 있는 여자는 처음 보았어요. 그가 잠깐만 방을 나가도 불안하게 방 안을 서성일 정도였으니까요. 그 무렵, 모래 위에 앉아서 남편의 머리를 무릎 위에 올려놓은 채 손으로 그의 눈가를 쓰다듬으며 행복한 표정을 짓고 있는 그녀를 보면 그 누구라도 감동을 받았을 거예요. 너무나 아름다워서 절로 미소가 지어질 정도였거든요.

이듬해 4월 데이지는 딸을 낳았고, 그들은 1년 동안 프랑스로 건너가 있었답니다. 그 뒤로 칸과 도빌에서 몇 차례 보았는데,

그들은 얼마 전 완전히 정착하기 위해 시카고로 돌아왔다더군요. 아시다시피 데이지는 시카고에서 인기가 많았어요. 두 사람은 젊은 데다 재산까지 많아서 방탕한 무리들과 자주 어울려 다녔지만, 그녀의 평판은 좋은 편이었지요. 아마도 술을 마시지 않았기 때문일 거예요. 술을 마시지 않기 때문에 입을 함부로 놀리는 일도 없었고, 약속 시간에 늦는 일도 그리 없었으니까요. 게다가 그때만 해도 데이지는 외도 같은 건 꿈도 꾸지 못했을 테고요.

그런데 6주 전쯤, 데이지는 몇 년 만에 처음으로 그의 이름을 다시 들은 거예요. 바로 당신이 데이지의 집을 방문했을 때 말이죠. 기억나세요? 내가 웨스트에그에 사는 개츠비란 사람을 아느냐고 물었잖아요. 당신이 집으로 돌아간 뒤, 데이지는 내 방으로 들어와 이렇게 묻더군요.

"개츠비라니, 어느 개츠비 말이야?"

나는 반쯤 잠든 채로 이러저러한 사람이라고 말해 줬지요. 그러자 그녀는 자기가 알고 있는 사람이 틀림없다고 하더군요. 그때서야 비로소 데이지의 흰색 로드스터에 같이 타고 있던 장교가 떠올랐어요.

조던이 이야기를 모두 마쳤을 때는 플라자 호텔에서 나와 자동차를 타고 센트럴 공원을 지나고 있었다. 해는 벌써 서부 50번가의 영화배우들이 사는 고층 아파트 뒤로 넘어갔고, 계집애들의 맑은 목소리들이 풀잎 위의 귀뚜라미처럼 불타는 황혼의 더위를 뚫고 하늘로 뛰어오르고 있었다.

"참으로 대단한 우연이군요."

내가 말했다.

"그건 우연이 아니었어요."

"아니라니요?"

"개츠비가 그 집을 산 것은, 데이지가 바로 그 만 건너편에 살고 있기 때문이었어요."

그렇다면 그 6월의 밤에 그가 바라보던 것은 밤하늘의 별이 아니었단 말인가. 아무런 목적도 없이 호화롭기만 했던 장막이 걷히고 그의 모습이 보다 생생하게 다가왔다. 조던이 다시 말을 이었다.

"그는 당신이 데이지를 집으로 초대해 줄 수 있는지, 그리고 초대하게 된다면 자기도 불러 줄 수 있는지 알고 싶어 해요."

순간 나는 놀라움으로 몸이 다 떨릴 지경이었다. 그는 5년을 기다려서 저택을 구입한 뒤, 우연히 날아드는 나방들한테 그동안 별빛을 나눠 주고 있었던 것이다. 정작 자신은 옆집의 잔디밭에 한 발짝 들여놓을 수 있는 기회가 주어지길 호시탐탐 노리면서.

"그는 왜 이런 얘기를 내게 직접 털어놓지 않는 걸까요?"

"그는 두려워하고 있어요. 그렇게 오랫동안 기다려 왔으니까요. 또 당신의 기분을 상하게 할까 봐 염려하는 마음도 있고요. 그러면서도 이 일에 강하게 집착하고 있지요."

"당신에게 데이지를 만나게 해 달라고 부탁해도 되잖아요?"

"데이지에게 자기 집을 보여 주고 싶은 거지요. 마침 당신 집이 바로 옆에 있고……. 사실은 언젠가 그녀가 자기 집 파티에 우연히 들르기를 바랐나 봐요. 하지만 그녀는 오지 않았죠. 결국 그는 사람들에게 그녀를 아는지 묻기 시작했고, 처음으로 찾아낸 사람이 바로 나예요. 파티에서 나를 부른 바로 그날, 얼마나 조심스럽게 얘기를 꺼냈는지 몰라요. 물론 나는 당장 뉴욕에서 점심을 같이하자고 했지요. 하지만 그는 이 말만 되풀이하더군요.

'나는 상식에서 벗어나는 행동은 하기 싫습니다! 그녀를 옆집에서 만났으면 좋겠어요.'

당신과 톰이 친구 사이라고 했더니, 그는 그 계획을 바로 포기하려 하더군요. 그는 톰에 대해 아는 게 거의 없었어요. 혹시나 데이지의 이름이 눈에 띌까 해서, 몇 해 동안 꼬박꼬박 시카고 신문을 읽었다고는 하지만."

벌써 날이 어두워져 있었다. 나는 조던의 매혹적인 어깨를 팔로 감싸 내게로 끌어당기며 저녁을 함께 먹자고 제의했다. 데이지와 개츠비에 대한 생각은 순식간에 머릿속에서 사라져 버렸다. 그 대신 깔끔하고 냉정하며, 조금 편협하기까지 한 이 여자에 대한 생각이 머릿속을 가득 채웠다.

조던이 나에게 중얼거렸다.

"그리고 데이지의 삶에도 뭔가가 필요해요."

"데이지는 개츠비를 만나고 싶어 하나요?"

"그녀는 아직 아무것도 모르고 있어요. 개츠비는 그녀가 이 사실을 모르길 원해요. 당신은 데이지에게 차를 마시러 오라고 하기만 하면 돼요."

장벽처럼 늘어선 나무들을 지나자, 59번가 앞쪽으로 아늑하면서도 창백해 뵈는 불빛이 공원을 비추고 있었다. 나는 옆에 있는 여자를 바짝 끌어당겼다. 그녀의 창백한 입술에 미소가 스치자, 내 얼굴 쪽으로 더욱 가까이 잡아당겼다.

제 6 장

5년 만의 재회

그날 밤 웨스트에그로 돌아왔을 때 나는 집에 불이라도 난 줄 알고 깜짝 놀랐다. 새벽 2시인데도 웨스트에그의 한 모퉁이 전체가 활활 타오르고 있었던 것이다. 그 불빛은 관목에 비쳐 환상적인 빛을 뿜어내었다. 모퉁이를 돌아선 뒤에야 나는 비로소 개츠비의 저택에서 온통 불을 밝혀 놓은 것이라는 사실을 알게 되었다.

처음에는 또 파티가 열렸나 보다, 하고 생각했다. 시끌벅적한 파티를 벌이다가 숨바꼭질을 하느라 온 집 안의 창과 문을 활짝 열어젖히고 놀이터로 만든 것인 줄 알았다. 그러나 막상 가까이 갔을 때는 아무 소리도 들리지 않았다.

내가 탄 택시가 부르릉거리며 달아나자, 개츠비가 잔디밭을 가로질러 우리 집 쪽으로 걸어오는 모습이 보였다.

내가 먼저 말했다.

"집이 마치 세계 박람회장 같군요."

그는 무심코 자기 집 쪽으로 눈길을 돌렸다.

"그렇게 보입니까? 방들을 좀 둘러보느라고요. 우리, 코니아 일랜드에 갈까요? 내 차로 말입니다."

"그러기에는 너무 늦었어요."

"그럼 수영장에 뛰어드는 건 어떻습니까? 여름 내내 한 번도 이용하지 않았거든요."

"난 잠을 좀 자야겠어요."

"그럼 할 수 없군요."

그는 조바심 어린 표정으로 나를 바라보았다.

"조던과 이야기를 나눴습니다. 내일 데이지에게 전화를 걸어서 우리 집에 차를 마시러 오라고 할 겁니다."

그는 짐짓 그 일에 무관심한 듯이 말했다.

"그거 잘됐군요. 당신에게 폐를 끼치고 싶진 않습니다만."

"약속을 모레로 잡으면 어떻겠습니까?"

그는 잠시 생각에 잠겼다. 그러고 나서 내키지 않는다는 듯이 이렇게 말했다.

"그날은 잔디를 깎았으면 하는데요."

우리는 동시에 잔디밭을 내려다보았다. 초라한 우리 집 잔디밭이 끝나자마자, 손질이 아주 잘돼 있는 그의 잔디밭이 시작되어 두 잔디밭의 경계가 아주 뚜렷해 보였다. 순간 그가 우리 집 잔디밭을 두고 하는 말이 아닌가, 하는 착각이 들었다.

"의논드릴 일이 또 있는데요."

그는 머뭇거리면서 모호하게 말했다.

"그럼 아예 며칠 뒤로 연기할까요?"

"저어, 그게 아닙니다. 적어도……."

그는 웬일인지 말만 꺼내 놓고 계속 우물쭈물했다.

"저어, 당신은 수입이 그렇게 많은 편은 아니지요?"

"예, 그다지 많이 벌지 못합니다만."

내 대답이 그를 안심시킨 듯, 개츠비는 갑자기 확신 어린 목소리로 말을 이었다.

"그럴 거라 짐작했습니다. 실례가 될지 모르지만 일단 말씀을 드리지요. 아시다시피 난 부업으로 조그만 사업을 하고 있는데, 당신이 돈을 많이 벌지 못한다면……. 실례지만 지금 증권 일을 하고 계시지요?"

"그렇지요."

"그럼 이 일에 구미가 당길 겁니다. 시간을 별로 들이지 않고서도 꽤 많은 돈을 벌 수 있거든요. 가끔 비밀에 붙여야 하는 일이 생기기는 하지만."

만약 이런 이야기가 다른 상황에서 오갔다면, 그 일은 내 인생에서 중요한 전환점이 되었을 것이다. 그러나 그 순간에는 그가 왜 그런 제안을 하는지 뻔히 알고 있었다. 내가 자신의 부탁을 들어주는 것에 대한 보답이 확실했기 때문에 그 자리에서 거절할 수밖에 없었다.

"지금 하고 있는 일로도 벅찹니다. 고맙긴 하지만 다른 일은 할 수가 없어요."

그는 내가 뭐라고 더 말해 주길 바라는 듯했으나, 나는 이미 다른 일에 정신이 팔려 있었던 터라 곧장 집 쪽으로 발길을 돌렸다.

그날 밤, 내 마음은 조던 때문에 날아갈 듯이 행복했다. 우리 집 현관으로 들어설 때는 마치 꿈속으로 걸어 들어가는 듯했다. 그렇기에 그 뒤 개츠비가 코니아일랜드에 갔는지 가지 않았는지는 알지 못한다.

이튿날 아침, 나는 사무실에서 데이지에게 전화를 걸어 우리 집으로 차를 마시러 오라고 초대했다.

"톰은 데리고 오지 않는 게 좋겠어."

나는 그녀에게 일부러 주의를 주었다.

"뭐라고요?"

"톰은 데리고 오지 말라고."

"톰이 누군데요?"

그녀는 일부러 능청스런 목소리로 물었다.

약속된 날은 비가 퍼부었다. 11시가 되자 비옷을 입은 사내가 잔디 깎는 기계를 들고 우리 집 문을 두드렸다. 개츠비가 우리 집 잔디를 깎으라고 보냈다는 것이다. 순간 내가 데리고 있는 핀란드 출신 가정부에게 다시 와 달라고 일러두는 것을 잊어버린 일이 생각났다. 그래서 급히 차를 몰고 가서 그 여자를 찾아 낸 다음, 컵과 레몬과 꽃을 한 아름 샀다.

나중에 보니, 꽃은 사지 않아도 될 뻔했다. 2시쯤 개츠비의 저택에서 온실 전체를 옮겨 오다시피 했기 때문이다. 그러고 나서 1시간 뒤, 현관문이 요란하게 열리더니 은색 셔츠에 금색 넥타이를 매고 흰 플란넬 양복을 입은 개츠비가 급하게 들어왔다. 그의 얼굴은 몹시 창백했으며, 눈 밑에는 잠을 자지 못한 흔적이 거무스레하게 남아 있었다.

"준비가 다 되었나요?"

그가 물었다.

"잔디를 말하는 것이라면 아주 보기 좋게 되었지요."

"잔디요? 아, 잔디밭 말이군요."

그가 멍청하게 물었다. 그러고는 한참 동안 창밖을 내다보았는데, 표정으로 보아서는 딱히 뭘 보고 있는 것 같지는 않았다.

"아주 보기 좋군요. 신문을 보니까, 4시경에 비가 그친다고 하더군요. 필요한 것들……, 그러니까 차를 마시는 데 필요한 것들은 모두 준비됐나요?"

나는 그를 주방으로 데리고 갔다. 우리는 상점에서 사 온 레몬 케이크를 자세히 살펴보았다.

"이 정도면 괜찮나요?"

"물론이지요. 괜찮고말고요! 아주 훌륭해요!"

내 물음에 그는 과장되게 대답했다.

비는 3시 반쯤 되었을 때부터 뜸해지더니 이내 축축한 안개로 바뀌었다. 이따금 안개 속으로 작은 빗방울이 이슬처럼 흘러내렸다. 개츠비는 멍한 시선으로 클레이의 《경제학》을 들여다보다가, 때때로 빗물로 흐려진 창문 쪽으로 시선을 던졌다. 얼마 후 그는 자리에서 일어서더니 힘없는 목소리로 집에 가 봐야겠다고 말했다.

"왜 그러십니까?"

"아무도 차를 마시러 오지 않잖아요. 시간이 너무 늦었어요! 이렇게 하루 종일 기다릴 순 없지 않습니까?"

그는 마치 다른 데 약속이 있기라도 한 듯이 시계를 들여다보았다.

"어리석게 굴지 마세요. 아직 4시 20분 전이에요."

그는 마치 내가 억지로 주저앉히기라도 한 듯이 가엾은 모습으로 다시 의자에 앉았다. 바로 그때 우리 집 앞 좁은 길목으로 돌아 들어오는 자동차 소리가 들렸다. 우리는 동시에 자리에서 일어섰다. 나는 서둘러 밖으로 나갔다.

물방울이 떨어지는 라일락 나무 밑으로 커다란 오픈카 한 대가 올라와 멈춰 서 있었다. 데이지가 보라색 삼각 모자 밑으로 고개를 기울이며 환하게 미소를 지어 보였다.

"오빠, 정말로 여기에 살고 계신 거예요?"

활기 넘치는 그녀의 목소리가 또랑또랑하게 울려 퍼졌다. 푸른색 페인트로 죽 그어 내린 것마냥 젖은 머리카락 한 올이 그녀의 뺨 위로 흘러내리고 있었다. 나는 그녀가 자동차에서 내리는 걸 도와주려고 손을 내밀었다. 그녀의 손이 빗물에 젖어 번들거렸다.

"저를 사랑하시나요? 그게 아니면 왜 혼자 오라고 하셨죠?"

그녀가 내 귀에다 대고 나지막이 속삭였다.

"그건 랙렌트 성(영국계 아일랜드 소설가 마리아 에지워스가 쓴 소설―옮긴이)의 비밀이지. 운전기사한테 멀리 가서 1시간만 있다 오라고 해."

데이지는 천진스런 목소리로, 기사에게 1시간 뒤에 오라고 말했다. 우리는 곧 집 안으로 들어갔다. 그런데 놀랍게도 거실은 텅 비어 있었다. 나도 모르게 소리를 질렀다.

"그것 참 이상한데!"

"뭐가 이상해요?"

그때 가벼우면서도 위엄 있게 현관문을 두드리는 소리가 들렸다. 그녀는 순간적으로 그쪽으로 고개를 돌렸다. 나는 얼른 달려가서 문을 열었다. 개츠비가 죽은 사람처럼 창백한 얼굴로 아령이라도 쥐고 있는 듯 외투 주머니에 두 손을 깊숙이 찌른 채 서 있었다.

그는 여전히 두 손을 외투 주머니에 넣고는 내 옆을 지나 복도로 걸어 들어갔다. 그러다 마치 전깃줄에 닿은 것처럼 갑자기 돌아서더니 거실 안으로 사라졌다. 나는 심장이 거칠게 뛰는 것을 느끼면서, 다시 거세어지고 있는 빗줄기를 막기 위해 현관문을 닫았다.

잠시 동안 아무 소리도 나지 않았다. 이윽고 거실에서 나지막한 중얼거림과 짧은 웃음소리가 들리더니, 데이지의 맑은 목소리가 울려 퍼졌다.

"다시 만나게 되어 정말 기뻐요."

그리고 말이 끊겼다. 잠시 동안 견디기 힘든 침묵이 흘렀다. 복도에서는 아무것도 할 수가 없었기에, 나는 일부러 거실 안으로 들어갔다. 개츠비는 여전히 두 손을 주머니에 찌른 채 억지로 편안한 척하며 벽난로에 몸을 기대고 있었다. 그가 머리를 너무나 뒤로 젖힌 나머지, 벽난로에 붙어 있던 장식용 시계의 숫자판에 닿기 직전이었다. 그는 이렇듯 불편한 자세를 취한 채, 딱딱한 의자 끝에 우아하게 앉아 있는 데이지의 얼굴을 찬찬히 내려다보고 있었다. 한참 만에 개츠비가 중얼거렸다.

"우린 전에 만난 적이 있지요."

그는 순간적으로 나를 힐끔 보았는데, 그의 입술은 웃으려다 만 것처럼 어색하게 벌어져 있었다. 그 순간 시계가 그의 머리에 밀려 옆으로 기울자, 개츠비는 황급히 돌아서서 파르르 떨리는 손가락으로 시계를 붙잡아 제자리에 놓았다. 그러고는 뻣뻣한 자세로 의자 끄트머리에 앉더니, 손으로 턱을 괴면서 팔꿈치를 의자 팔걸이에 걸쳤다. 그가 다시 말했다.

"시계를 건드려서 미안합니다."

이번에는 내 얼굴이 도리어 벌겋게 달아올랐다. 머릿속에는 할 말이 가득 차 있었지만, 이 상황에 걸맞은 말은 한 마디도 떠오르지 않았다.

"낡은 시계인걸요."

나는 두 사람을 번갈아 보면서 바보처럼 말했다. 마치 시계가 바닥에 떨어져 산산조각이라도 난 것처럼 분위기가 숙연해졌다.

"우린 여러 해 동안 서로 만나지 못했지요."

데이지는 아무렇지도 않은 듯이 말하려 애썼다.

"11월이면 5년째가 됩니다."

개츠비의 기계적인 대답에 우리는 다시금 침묵에 빠졌다. 나는 이 난처한 분위기를 어떻게 떨쳐 버릴지 고민하다가, 짐짓 주방에 가서 차 준비하는 것을 도와 달라며 두 사람을 일으켜 세웠다. 그런데 바로 그 순간, 얄밉게도 핀란드 인 가정부가 쟁반에 차를 받쳐 들고 나타났다.

찻잔과 케이크를 받아 탁자 위에 내려놓으면서 자리가 어느 정도 정돈이 되었다. 개츠비는 어느새 그늘진 곳으로 옮겨 가 앉은 후, 데이지와 내가 이야기 나누는 걸 긴장된 표정으로 지켜보았다. 그러나 조용히 침묵을 지키자고 이런 자리를 마련한 것은 아니겠기에, 나는 기회를 틈타 양해를 구하고 자리에서 일어섰다.

"어디 가십니까?"

개츠비가 깜짝 놀란 얼굴로 물었다.

"금방 돌아올 겁니다."

"가기 전에 얘기할 게 있는데요."

그는 급히 나를 쫓아 주방으로 들어오더니, 문을 닫고는 비참한 목소리로 "아, 맙소사!" 하고 속삭였다.

"왜 그러십니까?"

"이건 정말이지 끔찍한 실수예요. 끔찍한, 정말 끔찍한 실수라고요."

그는 머리를 좌우로 흔들며 절망스런 표정으로 말했다. 나는 그를 위로하려 애썼다.

"당황해서 그래요. 데이지 역시 마찬가지고요."

"그녀가 당황하고 있다고요?"

그는 믿을 수 없다는 듯이 되물었다.

"당신이 당황한 것만큼 말이지요."

"그렇게 크게 말하지 마세요."

나는 더 이상 참을 수가 없어서 버럭 소리를 질렀다.

"당신은 꼭 어린애처럼 구는군요. 게다가 무례하기까지 하고
요. 데이지는 지금 저기 혼자 앉아 있습니다."

그는 손을 들어 내 입을 막고는 비난 어린 눈길로 바라보았다.
그러고는 조심스럽게 문을 열고 다시 거실로 돌아갔다. 나는 뒷
문을 통해 밖으로 나갔다. 그리고 하릴없이 집을 한 바퀴 돌았
다. 30분 전, 개츠비가 안절부절못하며 그렇게 했던 것처럼.

얼마 후 나는 주위를 둘러보다가 잎이 무성한 나무 쪽으로 달
려갔다. 잎이 지붕 노릇을 해서 비를 어느 정도 막아 줄 수 있을
듯해서였다. 나무 아래에서는 개츠비의 저택 말고는 아무것도
보이지 않았다. 별수 없이 나는 그 거대한 집을 바라보며 꼼짝
없이 서 있었다.

30분이 지나자, 다시 햇살이 비치면서 식료품 가게의 자동차
가 개츠비네 집 사람들이 먹을 저녁 식사 거리를 싣고 차도를
돌아 올라왔다. 가정부 한 명이 저택의 창문을 하나하나 열더니,
각각의 창문에 잠깐씩 몸을 내밀었다. 이제 개츠비가 그들의 곁
으로 돌아갈 시각이 된 듯했다.

나는 집 안으로 들어갔다. 난로만 뒤집지 않았을 뿐, 주방에
발을 들여놓으면서 짐짓 온갖 시끄러운 소리를 다 내며 거실로

들어섰다. 그러나 그들은 아무 소리도 듣지 못한 것 같았다. 두 사람은 긴 의자의 양쪽 끝에 앉아서 서로를 마주 보고 있었는데, 아까의 당황했던 모습은 흔적조차 찾아볼 수 없었다.

다만 데이지의 얼굴에 눈물 자국이 보였는데, 내가 들어가자 그녀는 벌떡 일어나 거울 앞으로 가더니 손수건으로 눈물 자국을 찍어 내기 시작했다. 반면 개츠비에게는 놀랄 만한 변화가 일어나 있었다. 그의 몸에서 글자 그대로 찬란한 빛이 뿜어 나오고 있었던 것이다. 희열을 드러내는 말이나 몸짓은 없었지만, 새로운 행복이 몸속에서 뿜어 나와 거실 안을 가득 채우고 있었다.

"아, 돌아오셨군요!"

그는 마치 나를 몇 년 만에 만나기라도 하는 듯이 반갑게 맞았다. 나는 순간적으로 그가 악수를 하려고 하지 않을까, 하고 생각했다.

"비가 그쳤습니다."

"그래요?"

순간 거실 안에 햇살이 비쳐들고 있다는 것을 깨닫자, 그는 햇살을 열광적으로 환영하는 기상 캐스터처럼 밝은 미소를 지었다. 그러고는 그 소식을 데이지에게 다시 전했다.

"비가 그쳤대요."

"제이, 기뻐요."

뼈저리게 슬픈 아름다움으로 가득 찬 그녀의 목소리에 기쁨이 묻어나고 있었다. 개츠비가 다시 입을 열었다.

"당신과 데이지가 지금 우리 집으로 갔으면 합니다. 데이지에게 집을 구경시켜 주고 싶어서요."

"나도 함께 말입니까?"

"물론이지요."

잠시 후 데이지는 세수를 하려고 위층으로 올라갔다. 나는 화장실에 있는 수건이 깨끗지 못한 것이 생각났으나 이미 때는 늦었다. 그동안 개츠비와 나는 잔디밭에서 서성였다. 그가 나에게 물었다.

"우리 집, 근사하죠? 집 앞 전체가 햇살을 받고 있는 모습 좀 보십시오."

"그래요, 좋아요."

나는 그의 집이 아주 훌륭하다는 데 기꺼이 동의했다.

"저 집을 살 돈을 버는 데 꼬박 3년이 걸렸어요."

"재산을 상속받지 않았나요?"

"그랬지요. 하지만 대공황 때 거의 다 잃어버렸어요. 전쟁의 공황 말입니다."

그는 지금 자기가 무슨 말을 하고 있는지 모르고 있는 것 같았다. 왜냐하면 내가 무슨 사업을 했느냐고 묻자 "그건 제 일입니다."라고 대답했기 때문이다. 하지만 곧 자신의 대답이 적절치 않다는 것을 깨달은 듯 고쳐 말했다.

“아, 여러 가지 일을 했지요. 제약 사업도 하고, 정유 사업도 하고요. 하지만 지금은 다 그만두었어요. 참, 그날 밤 제안한 것에 대해 생각해 보셨습니까?”

내가 뭐라고 대답을 하려는 순간, 데이지가 밖으로 걸어 나왔다. 그녀의 드레스에 달린 두 줄기 놋쇠 단추가 햇빛을 받아 반짝거렸다. 그녀가 개츠비의 저택을 손가락으로 가리키며 외쳤다.

“저기 저 어마어마한 저택이 당신 집인가요?”

“마음에 드십니까?”

“네, 마음에 들어요. 그런데 저렇듯 큰 집에서 왜 혼자 사시는지 모르겠군요.”

“저 집은 밤낮없이 재미있는 사람들로 북적거린답니다. 흥미로운 일을 하는 사람들로 말이지요. 유명 인사들 말입니다.”

우리는 해변을 따라가지 않고, 도로 쪽으로 내려가서 커다란 뒷문을 통해 안으로 들어갔다. 데이지는 무엇에 홀린 듯 연신 뭐라고 중얼거리며, 하늘 높이 솟아 있는 저택의 실루엣에 감탄을 금치 못했다. 그 외에도 노란 수선화의 진한 향기와 산사나무의 부드러운 향기, 그리고 자두꽃의 맑은 향기가 가득한 정원에 찬사를 늘어놓았다.

그런데 이상한 일은, 우리가 대리석 계단까지 다가갔는데도 문을 드나드는 화려한 드레스의 움직임이 전혀 눈에 띄지 않았다는 사실이다. 나무에서 지저귀는 새 소리 외에는 아무것도 들

리지 않았다. 안으로 들어가 마리 앙투아네트 음악실과 왕정 복
고 시대의 살롱을 어정거릴 때까지, 나는 손님들이 우리가 지나
가는 동안 숨을 죽인 채 조용히 있으라는 명령을 받고 소파 뒤
와 탁자 밑에 숨어 있는 듯한 착각이 일었다.

우리는 곧 위층으로 올라가서 장밋빛과 보랏빛 비단으로 감
싸인 고풍스런 침실과 의상실, 당구장, 욕실 등을 차례로 지나갔
다. 마침내 우리는 개츠비의 방에 들어갔는데, 그곳은 침실과 욕
실, 그리고 애덤 식(18세기 스코틀랜드의 건축가이자 실내 장식가인
애덤 형제의 스타일—옮긴이) 서재로 꾸며져 있었다. 우리는 그곳
에 앉아 샤르트뢰즈 포도주를 한 잔씩 마셨다.

그는 데이지한테서 한 번도 눈을 떼지 않았는데, 그녀의 사랑
스런 눈에서 나오는 반응 정도에 따라 자기 집의 모든 것을 재
평가하는 것 같았다. 그녀가 눈앞에 나타난 이상, 다른 것들은
이제 아무런 의미가 없어진 양 이따금씩 자신의 소유물들을 멍
한 시선으로 둘러보았다.

화장대 위에 놓인 순금 화장 도구만 제외한다면 그의 침실은
모든 방 가운데에서 가장 소박했다. 데이지가 즐거운 표정으로
브러시를 집어 들고 머리를 빗어 내리자, 개츠비는 의자에 앉아
서 눈을 가린 채 웃기 시작했다. 그가 경쾌한 목소리로 말했다.

"그것 참 이상하지요. 나는 아무리 해도 저렇게 못하겠어요."

그는 분명히 두 가지 상태를 지나 세 번째 단계로 접어들고 있

었다. 처음에는 당황해서 어쩔 줄 모르다가, 기쁨을 주체하지 못하는 단계를 지나, 지금은 그녀가 자기 앞에 있다는 사실에 놀라고 있었다. 그는 너무 오랫동안 이 순간을 꿈꾸어 왔다. 말하자면 상상하기 어려울 정도로 긴장한 채 이 순간을 기다려 왔던 셈이다. 이제 그 반작용으로 지나치게 조여 있던 태엽이 서서히 풀리고 있었다.

잠시 뒤 그는 다시 정신을 차리고 양복과 실내복, 넥타이, 와이셔츠 들이 가득 들어 있는 커다란 옷장을 열어 보였다.

"영국에서 옷을 사 보내 주는 사람이 있어요. 봄가을로 계절이 바뀔 때마다 필요한 물건들을 골라서 보내오지요."

그는 와이셔츠 더미를 끄집어내어 우리 앞에 하나씩 던졌다. 얇은 린넨 셔츠, 두꺼운 실크 셔츠, 고급스런 플란넬 셔츠 들이 떨어질 때마다 개켜졌던 것들이 풀리며 각양각색으로 탁자를 덮었다. 우리가 감탄하는 동안, 그는 셔츠를 더 많이 가져왔다. 부드럽고 값비싼 셔츠 더미는 더욱더 높아졌다. 그런데 갑자기 데이지가 소리를 내며 셔츠에 얼굴을 파묻고 울기 시작했다.

"너무나 아름다운 셔츠들이에요. 그런데 자꾸만 슬퍼져요! 난 지금껏 한 번도 이렇게…… 이렇게 아름다운 셔츠를 본 적이 없거든요."

훌쩍거리는 그녀의 목소리는 겹겹이 쌓인 셔츠 더미 속에 묻혀 버렸다.

집 안을 모두 구경한 뒤 우리는 수영장과 수상 비행기, 정원의 꽃 들을 둘러볼 생각이었다. 그런데 다시 비가 내리는 바람에 한 줄로 나란히 서서 파도가 출렁이는 바다를 바라보았다.

얼마 후 개츠비가 말했다.

"안개만 끼지 않았더라면 만 건너에 있는 당신 집이 보였을 겁니다. 당신 집이 있는 부두 끝에는 항상 초록색 불이 켜져 있더군요."

그때 데이지가 느닷없이 개츠비에게 팔짱을 끼었지만, 그는 자기가 방금 한 말에 정신이 팔려 눈치를 채지 못하는 것 같았다. 아마 그 불빛이 지니고 있던 엄청난 의미가 이제 영원히 사라졌다는 생각이 불현듯 떠올랐는지도 모른다. 그를 데이지와 갈라놓았던 머나먼 거리와 비교해 보면 그 불빛은 그녀와 아주 가까이, 거의 손으로 만질 수 있을 정도로 가까이 있는 것 같았다. 하지만 이제 그것은 단지 부두에 켜져 있는 초록색 불빛일 뿐이었다. 그에게 마법을 부렸던 물건들 중 하나가 줄어든 셈이었다.

나는 어스름 속에서 잘 보이지 않는 온갖 물건들을 눈여겨보면서 방 안을 어슬렁거렸다. 책상 위쪽의 벽에 걸려 있는, 요트 복을 입은 노인의 사진이 내 시선을 끌었다.

"저 사람은 누굽니까?"

"그 사람이요? 댄 코디 씨예요."

어디선가 들어 본 적이 있는 이름 같았다.

"지금은 세상을 떠났습니다. 몇 해 전까지만 해도 나의 가장 친한 친구였지요."

커다란 사무용 책상 위에는 역시 요트복을 입은 개츠비의 사진이 놓여 있었다. 사진 속의 개츠비는 도전적으로 보일 만큼 머리를 뒤로 젖히고 있었는데, 아마 열여덟 살 때쯤 찍은 사진인 것 같았다. 그때 데이지가 소리쳤다.

"멋진데요! 이 퐁파두르 스타일 말이에요! 당신은 이런 머리를 했었다고 말한 적이 없잖아요. 요트 얘기도 하지 않았고."

개츠비가 급히 대답했다.

"여길 좀 봐요. 여기에 스크랩해 둔 신문 기사들이 많아요. 모두 당신에 관한 것들이지요."

그들은 나란히 서서 그것을 살펴보았다. 내가 루비를 보여 달라고 하려는 순간 전화벨이 요란하게 울렸다. 개츠비가 수화기를 집어 들었다.

"네, ……글쎄요. 지금은 얘기하기 곤란해요. ……지금은 곤란하다니까요. ……디트로이트를 작은 도시라고 생각하는 사람은 우리한테 쓸모가 없을 것 같소."

그는 전화를 끊었다. 데이지가 창가에서 소리쳤다.

"이리 와 보세요!"

비는 여전히 오락가락하고 있었지만, 어둠은 이미 서쪽으로 몰려가 있었으며, 바다 위에서는 핑크빛 구름이 소용돌이치고 있었다. 데이지가 속삭였다.

"저것 좀 보세요. 저 핑크빛 구름을 가져다가 당신을 태우고 이리저리 밀어 봤으면 좋겠어요."

나는 몇 번의 망설임 끝에 작별 인사를 하려고 다가갔다. 순간 개츠비의 얼굴에 당혹스러운 표정이 떠올랐다. 지금 누리고 있는 행복이 얼마만한 가치가 있는 것인지 새삼 의심이라도 품은 듯. 5년이라는 세월! 어쩌면 그날 오후에도 데이지가 그의 꿈에 미치지 못한 순간이 있었을지 모른다. 그녀의 잘못이라기보다는 그가 품어 온 환상의 거대한 힘 때문에 말이다. 그러나 그 환상의 힘은 이제 그녀를 초월해 이미 모든 것을 뛰어넘고 있었다.

개츠비는 데이지의 손을 꽉 잡았다. 그때 그녀가 낮은 목소리로 그의 귀에 대고 뭔가를 말하자, 그는 와락 솟구치는 감정을 주체하지 못한 채 그녀 쪽으로 몸을 돌렸다.

마치 두 사람은 내 존재를 까맣게 잊은 것 같았다. 그러다 어느 순간 데이지가 나를 발견하고 손을 내밀었다. 그녀 옆에 서 있는 개츠비는 전혀 모르는 사람처럼 낯설게 느껴졌다. 내가 짐짓 한 번 더 그들 쪽을 바라보자, 두 사람은 강렬한 기운에 사로잡힌 채 아득한 눈길로 나를 돌아다보았다. 나는 곧 그들을 남겨 둔 채 방에서 나와 빗속을 걸어 집으로 돌아갔다.

제 7 장
운명의 북소리

어느 날 아침, 뉴욕에서 야심에 찬 젊은 기자 한 명이 개츠비의 저택 앞에 찾아와 무언가 할 말이 없는지 물어보았다. 그러자 개츠비는 정중하게 되물었다.

"무엇에 대해 말하라는 겁니까?"

"밝히고 싶은 게 있다면 뭐든지 좋습니다."

5분가량 혼란스런 대화가 오간 뒤에야, 그 기자가 자신의 사무실에서 심상치 않은 사건과 관련해 개츠비의 이름을 들었다는 사실을 파악할 수 있었다. 그 기자는 쉬는 날인데도 진상을 '밝히려고' 자진하여 이렇게 찾아온 것이었다.

개츠비한테서 환대를 받은 수백 명의 사람들이 그의 과거에 대해 좋지 않은 소문을 퍼뜨렸고, 그 소문은 여름 내내 부풀려지다가 마침내 뉴스 거리가 되기 직전에 이른 모양이었다.

그 무렵에 떠돌던 '캐나다로 연결되어 있는 지하 파이프'(금주법이 시행되던 기간 동안, 지하 파이프를 통하여 캐나다에서 미국으로 술을 밀수한다는 소문이 나돌았다.—옮긴이) 같은 소문들이 모두 그와 관련지어졌다. 개츠비의 저택에서 배로 롱아일랜드 해협을 몰래 오르내리고 있다는 것이었다.

그런데 노스다코타 주의 제임스 개츠가 이런 소문을 듣고 왜 만족해 했는지는 설명하기가 쉽지 않다.

제임스 개츠—이것은 개츠비의 실제 이름, 아니 법률상의 이름이었다. 그는 열일곱 살 때, 그러니까 그의 삶이 진정으로 시작될 때 이름을 고쳤다. 그것은 바로 그가 댄 코디의 요트가 슈피리어 호수 가운데서 가장 위험한 곳에 닻을 내리는 장면을 본 순간이었다.

그날 오후 찢어진 초록색 셔츠에 무명 바지를 입고 호숫가에서 빈둥거리던 사람은 분명 제임스 개츠였지만, 작은 배를 빌려 타고 '투올로미'호로 다가가 코디에게 30분 뒤면 바람이 거세게 불어 요트가 박살날 것이라고 일러준 사람은 이미 제이 개츠비였던 것이다.

어쩌면 그는 이미 오래전부터 그 이름을 준비해 두고 있었는지도 모른다. 그의 부모는 무능하고 별 볼일 없는 농부였다. 그의 상상력으로는 결코 그들을 부모로 받아들일 수가 없었다. 결국 롱아일랜드 웨스트에그의 제이 개츠비는 스스로 만들어 낸 이상 속에서 태어난 것이었다. 그는 자신이 만들어 낸 제이 개츠비라는 인물에 끝까지 충실했다.

그는 1년이 넘도록 슈피리어 호수 남쪽에서 조개를 캐거나 연어를 잡아 끼니를 때우면서 겨우겨우 살아갔다. 그러나 그의 마음속에서는 언제나 폭풍우처럼 사나운 갈등이 벌어지고 있었다. 잠자리에 들 때마다 기괴하기 짝이 없는 환상이 머릿속에서 떠나지 않았다. 매일 밤 그는 잠이 쏟아져서 그 환상들이 망각의 포옹으로 감싸일 때까지 새로운 환상을 계속 늘려 갔다.

이런 환상들은 그의 상상력에 얼마간의 돌파구를 마련해 주었다. 앞으로 다가올 영광을 본능적으로 감지한 그는 남부 미네소타 주에 있는 작은 루터 교 재단의 세인트올라프 대학교에 입학했다.

하지만 학비를 조달하느라 시작한 수위 일이 경멸스러워져서 겨우 2주 만에 학교를 박차고 나와 버렸다. 자신의 운명의 북소리에, 아니 운명 그 자체에 너무나 무감각한 것에 실망하면서.

그는 다시 슈피리어 호로 돌아왔다. 그리고 코디의 요트가 호숫가 낮은 곳에 닻을 내린 바로 그날, 자신이 해야 할 일이 무엇인지 분명하게 찾아냈다.

1875년 이후 광산이 만들어 낸 인물이라고 해야 마땅한 코디는 그때 나이 쉰 살이었다. 자신을 백만장자로 만든 몬태나 주의 동광(銅鑛) 사업을 이끌면서 그는 정신적으로 형편없이 나약해져 있었다. 이것을 눈치챈 수많은 여자들이 그에게서 돈을 뜯어내려고 온갖 수작을 다 부렸다.

여기자 엘러 케이 역시 그런 여자들 중 한 명이었다. 그녀가 심약해질 대로 심약해진 코디를 요트에 태워 바다로 보낸 일은 1902년 무렵 저널리즘계에서는 널리 알려진 사실이었다. 기후가 좋은 해안을 따라 5년 가까이 여행을 하던 코디는, 마침 리틀 걸 만에서 제임스 개츠의 운명으로서 그 모습을 드러냈다.

노에 기댄 채 난간을 두른 갑판을 올려다보고 있는 젊은 개츠에게 그 요트는 이 세상의 모든 아름다움과 매력을 상징했다. 그는 아마도 코디에게 미소를 지어 보였을 것이다. 코디는 그에게 몇 마디 질문을 던졌을 것이고, 이 청년이 민첩할 뿐만 아니라 야심이 만만치 않다는 사실을 알아냈을 터이다.

며칠 뒤 코디는 그를 덜루스(슈피리어 호수 서쪽 끝에 있는 항구도시—옮긴이)에 데리고 가서 푸른색 외투와 흰 면바지, 그리고 요트 모자를 사 주었다. 그리고 투올로미호가 서인도 제도와 바르바리 해안으로 떠날 때 그를 데리고 갔다.

그는 뭐라고 꼬집어 말하기 어려운 일을 수행하도록 고용되었다. 코디의 집사가 되기도 했고, 항해사가 되기도 했으며, 조타수가 되기도 했다. 심지어는 수위 노릇까지 하였다. 코디는 자신이 술에 취하면 어떤 식으로 황당한 일을 벌이는지 잘 알고 있었다. 그렇기 때문에, 그런 일이 있고 난 후에는 개츠비에 대한 신뢰도가 한층 더 높아지곤 하였다.

두 사람의 관계가 5년가량 지속되는 동안 요트는 미 대륙을 세 번이나 횡단했다. 만약 어느 날 밤 엘러 케이가 보스턴에서 요트에 올라타지 않았고, 그로부터 1주일 뒤 코디가 불미스럽게 죽지 않았더라면 그 여행은 아마 영원히 계속되었을 것이다.

코디는 죽기 직전 개츠비에게 25,000달러의 유산을 남겼다. 하지만 개츠비는 한푼도 받지 못했다. 그는 자기에게 불리하게 적용된 법적 장치를 조금도 이해하지 못했고, 결국 그 많은 돈은 엘러 케이의 손에 고스란히 넘어가고 말았다. 그에게 남은 것이라고는 그동안 받은 세상살이에 대한 치밀한 교육뿐이었다. 제이 개츠비라는 인물의 모호한 윤곽이 바야흐로 한 인간의 실체로 채워지게 된 것이었다.

그는 이 이야기를 훨씬 뒷날에 들려주었다. 그런데 지금 내가 이 이야기를 적고 있는 것은 눈곱만치도 사실이 아닌, 그의 선조를 둘러싼 터무니없는 소문을 불식시키기 위해서이다. 더구나 그가 이 이야기를 들려준 것은, 내가 그의 말을 믿어야 할지 말아야 할지 몰라 혼란에 빠져 있을 때였다. 말하자면 개츠비가 숨을 죽이고 있는 동안, 나는 일련의 오해를 없애기 위해 짧은 휴식 시간을 이용한 셈이다.

제 8 장

뜻밖의 만남

지난 몇 주 동안, 나는 개츠비를 한 번도 만나지 못했다. 조던과 데이트를 하거나 그녀의 숙모의 기분을 맞추느라고 대부분의 시간을 뉴욕에서 보내고 있었기 때문이다.

그러던 어느 일요일 오후, 개츠비가 어떻게 지내는지 궁금한 나머지 작정을 하고 그의 집으로 건너가 보았다. 그런데 채 2분도 되지 않아, 예기치 않은 손님들이 들이닥쳤다. 슬로운이란 사람이 승마를 즐기다 술을 마시자며 톰과 여자 한 명을 데리고 온 것이었다.

"이렇게 찾아 주셔서 감사합니다. 곧 술을 준비하도록 하죠."

개츠비는 현관에 서서 그들을 반갑게 맞이했다. 하지만 속으로는 톰이 함께 왔다는 사실에 크게 동요하는 듯했다. 그들 앞에 술과 안주가 차려지기 전까지 계속 불안한 모습을 보였다. 그러다 더 이상 충동을 억제하지 못하고 톰에게로 고개를 돌렸다.

"부캐넌 씨, 전에 어디선가 뵌 적이 있는 것 같습니다."

"아, 그렇지요. 기억이 납니다."

톰은 그 사실을 기억하지 못하는 듯했지만, 예의상 정중하게 대답했다.

"2주일쯤 전이었어요."

"맞아요, 여기 있는 닉과 함께 계셨지요."

톰은 그제야 생각난다는 듯 두 눈을 반짝이며 맞장구를 쳤다.

"아내 되시는 분을 알고 있습니다."

개츠비는 거의 공격적으로 말을 이어 나갔다.

"그래요? 그런데 닉, 이 근처에 살고 있었나?"

톰은 개츠비의 말에 당황한 듯, 짐짓 내게로 고개를 돌렸다.

"바로 옆집에 산다네."

"그렇군."

슬로운은 대화에 끼지 않았지만, 몸을 뒤로 젖힌 채 거만한 자세로 앉아 있었다. 여자는 아무 말도 하지 않고 있다가, 하이볼을 두 잔 마시고 나더니 뜻밖의 제안을 하였다.

"개츠비 씨, 우리 모두 다음에 열리는 파티에 참석하도록 할게요. 괜찮지요?"

“여부가 있습니까? 영광이지요.”

“고맙군요.”

슬로운은 그다지 고마움을 느끼는 것 같지 않은 목소리로 대답하고는 이렇게 덧붙였다.

“자, 이제 출발할 때가 되었어요.”

“그렇게 서두르지 마십시오. 괜찮으시다면…… 저녁이라도 드시고 가시지요.”

개츠비가 간곡히 말했다. 그는 이제 막 자신감이 생기기 시작한 터라, 톰과 이야기를 더 나누고 싶었던 것이다.

“차라리 저희 쪽으로 오셔서 저녁 식사를 함께하는 건 어때요? 두 분 모두 말이에요. 진심이에요.”

여자가 자못 적극적으로 말했다. 개츠비는 내 의향이 궁금한 듯 나를 빤히 쳐다보았다. 내가 말했다.

“저는 갈 수 없습니다.”

“그럼 당신이라도 오세요.”

여자는 개츠비에게 관심을 쏟으며 재촉했다. 그때 슬로운이 그녀의 귀에 대고 뭐라고 속삭였다. 그러나 그녀는 아랑곳하지 않고 다시 재촉을 했다.

“지금 출발한다면 늦지 않을 거예요.”

“전 말이 없습니다. 자동차를 타고 쫓아가야겠군요. 그럼 잠깐만 실례하겠습니다.”

개츠비를 제외한 나머지 사람들은 곧장 현관으로 걸어 나갔다. 현관 밖으로 나오자, 슬로운과 여자가 격렬하게 말다툼을 하기 시작했다. 그때 톰이 눈살을 찌푸리며 말했다.

"맙소사, 그자가 정말로 따라오려는 모양이오. 큰 파티가 열릴 텐데……. 그런데 그자는 도대체 어디서 데이지를 만난 걸까? 요즈음 여자들은 아무데나 쏘다니는 게…… 영 마음에 들지 않는단 말야. 별 괴상한 녀석들을 다 만나고 다니거든."

갑자기 슬로운과 여자가 계단을 내려가더니 말에 올라탔다. 잠시 후, 슬로운이 톰을 재촉했다.

"자, 어서 가자고. 이러다 늦겠어. 빨리 가야 한다고!"

그러더니 나를 향해서 이렇게 말했다.

"그 사람에게 기다릴 수 없었다고 전해 주시오."

톰과 나는 악수를 나누었고, 다른 사람들은 냉랭한 얼굴로 서로 고개를 끄덕이며 인사를 주고받았다. 그리고 그들은 재빨리 말을 몰아 차도를 따라 내려갔다. 개츠비가 모자와 외투를 손에 들고 막 현관에 나타났을 때는, 이미 그들이 8월의 무성한 나무 뒤로 멀찌감치 사라진 뒤였다.

제 9 장

어색한 파티

톰은 데이지가 혼자서 돌아다니는 것에 당황하고 있는 게 틀림없었다. 왜냐하면 그다음 토요일 밤에 그녀를 데리고 개츠비 저택의 파티에 참석을 했기 때문이다. 그런데 그날 저녁은 이상하게도 숨이 막히는 듯한 느낌이었다. 똑같은 사람들, 그러니까 적어도 똑같은 부류의 사람들이 참석하고 똑같은 샴페인이 흘러넘치고 있었지만 전에는 느끼지 못했던 불쾌감이랄까, 하여튼 불편한 기운이 감돌고 있었다.

어쩌면 내가 그 세계에 이미 익숙해진 탓일 수도 있다. 웨스트 에그 자체를 그 어떤 것에도 비길 수 없는 완벽한 세계로 받아들이는 데 익숙해져 버린 탓일지도……. 이제 나는 데이지의 눈을 통해 그 세계를 다시 한 번 바라보고 있다. 이미 자신의 판단력을 펼쳐 보였던 세상을 새로운 눈으로 바라본다는 것은 그 어떤 이유를 갖다 댄다 해도 그리 즐겁진 않은 일이다.

그들은 황혼이 깃들 무렵에 도착했다. 갖가지 빛깔을 발산하고 있는 수많은 사람들 사이를 어슬렁거리는 동안, 데이지의 목소리는 기교를 부리듯 연신 목구멍에서 웅얼거렸다.

"이런 파티에 오면 언제나 흥분이 돼요. 오빠, 오늘 밤 저하고 키스하고 싶은 생각이 들면 언제든 말씀하세요. 기꺼이 응해 드릴게요."

"뒤를 좀 돌아보세요. 지금까지 말로만 듣던 사람들의 얼굴을 직접 볼 수 있습니다."

그때 개츠비가 제안을 했다.

"지금 돌아보고 있는데요, 신나게……."

데이지의 말에, 톰의 거만한 두 눈도 덩달아 군중들을 훑었다.

"난 여기 있는 사람들 중에 아는 사람이 하나도 없는데?"

"아마 저기 저 부인은 아실 텐데요."

개츠비가 하얀 자두나무 밑에 위엄 있게 앉아 있는, 감히 인간이라고 하기 어려울 정도로 아름다운 자태를 뽐내고 있는 여자를 손가락으로 가리켰다. 지금까지 유령 같은 존재로만 여겼던 영화배우를 알아봤을 때 느끼게 마련인, 마치 현실이 아닌 것 같은 독특한 느낌을 받으며 톰과 데이지가 그녀를 물끄러미 바라보았다.

데이지가 말했다.

"아름답군요."

"그녀에게 허리를 굽히고 있는 사람은 그녀가 출연했던 영화의 감독이랍니다."

개츠비는 격식을 차리며, 데이지와 톰을 이 그룹에서 저 그룹으로 일일이 안내하며 인사를 시켜 주었다.

"이쪽은 부캐넌 부인이고, 이쪽은 부캐넌 씨입니다."

한순간 머뭇거리다가 그가 덧붙였다.

"폴로 선수입니다."

그러자 톰이 재빨리 부인했다.

"아, 아닙니다, 아니에요."

아마도 그날 그 말은 개츠비의 마음을 자못 유쾌하게 해 주었던 듯싶다. 톰은 그날 저녁 내내 사람들에게 '폴로 선수'로 통했기 때문이다.

"유명 인사를 이렇게 많이 만나 보기는 처음이에요. 아, 난 저 사람이 좋아요. 이름이 뭔가요? 푸른 코의 저 신사 말예요."

개츠비는 그가 평범한 연출가라고 대답하면서 이름을 일러주었다. 그러자 톰이 유쾌한 목소리로 중얼거렸다.

"난 폴로 선수로 통하지만 않았으면 좋겠구먼. 이 유명 인사들을 그저 관객의 입장에서 바라보고만 있고 싶어."

그날 데이지와 개츠비는 춤을 추었다. 정통에서 벗어나지 않으면서도 우아하기 이를 데 없는 그의 폭스트롯(fox-trot, 1914년경에 소개된 이래 유럽과 미국에서 크게 유행한 사교춤—옮긴이)을 보고 놀랐던 기억이 난다. 그 전에 나는 그가 춤추는 것을 한 번도 본 적이 없었다.

춤을 추고 난 뒤, 그들은 우리 집으로 가서 30분가량 계단에 앉아 있었다. 그동안 나는 데이지의 부탁으로 정원을 서성이며 망을 보았다.

개츠비의 집으로 다시 돌아와 저녁 식사를 하려 할 때, 한동안 혼자서 여기저기를 배회하던 톰이 불쑥 나타났다. 그때 우리가 앉아 있는 탁자에는 유달리 술에 취한 사람이 많았다. 그것은 내 불찰이었다. 마침 그때 개츠비가 전화를 받느라 자리를 뜨고 없었던 터라, 내가 2주일 전에 만난 적 있는 사람들과 별생각 없이 동석을 하게 했기 때문이다. 2주 전에는 사뭇 즐거운 분위기였는데, 지금은 그들이 너무나 취해 있는 탓인지 무례하기 이를 데 없었다.

"베데커 양, 괜찮아요?"

누군가가 이렇게 물었다. 질문을 받은 아가씨는 내 어깨에 머리를 기대려고 하다가 뜻대로 되지 않자, 자리에서 벌떡 일어나 두 눈을 부릅떴다.

"뭐, 뭐라고요?"

데이지에게 내일 클럽에서 골프를 치자고 조르고 있던 덩치 큰 여자가 베데커를 두둔해 주었다.

"오, 신경 쓰지 말아요. 칵테일이 대여섯 잔 들어가면 늘 저렇게 소리를 질러 대거든요. 술을 입에 대지 말라고 그렇게 일렀건만."

"전 술을 마시지 않았어요."

베데커는 그 말을 강력히 부정했다.

"방금 전에도 소리를 질렀잖아. 그래서 내가 아까 시벳 씨를 불러온 거란 말이야."

그녀의 친구가 시벳을 바라보며 한마디 거들었다.

"얘도 고맙게 생각할 거예요. 하지만 당신이 머리를 수영장에 집어넣는 바람에 이 애의 옷이 다 젖었어요."

그러자 베데커가 중얼거렸다.

"내가 제일 싫어하는 게 수영장에 머리를 집어넣는 거야."

"그러니까 술 좀 작작 마시라고."

시벳이 대꾸했다. 그러자 베데커가 거칠게 다시 소리를 질렀다.

"사돈 남 말 하시네. 선생님 손도 지금 떨리고 있잖아요. 선생님한테 수술을 받는 일은 앞으로 절대 없을 거예요."

이런 식이었다. 그 뒤 데이지와 함께 우두커니 서서 영화 감독과 그의 연인을 멍하니 지켜보던 일이 거의 마지막으로 기억난다. 그들은 그때까지도 자두나무 아래에 있었는데, 하얀 달빛을 받으며 얼굴을 거의 맞대다시피 하고 있었다.

나는 톰과 데이지가 자동차를 기다리는 동안, 현관 앞 계단에 함께 앉아 있었다. 우리의 앞쪽은 자못 어둠침침했는데, 의상실을 배경으로 가끔씩 그림자가 어릿거렸다.

톰이 갑작스레 물었다.

“도대체 개츠비란 자는 어떤 사람이지? 밀주업자라도 되나?”

뜻밖의 물음에 당황한 나머지 나도 모르게 되물었다.

“자네, 그런 소린 어디서 들었나?”

“들은 것이 아니라 생각해 낸 걸세. 자네도 알다시피 갑자기 떼돈을 번 작자들 중에 거물급 밀주업자가 좀 많은가?”

“하지만 개츠비는 아니야.”

내가 짧게 말하자 그는 잠시 동안 침묵을 지켰다. 차도의 자갈이 그의 발밑에서 바스락거렸다.

“어쨌거나 그자는 이 별난 사람들을 끌어 모으느라 돈깨나 들였겠군.”

그때 바람이 부드럽게 불어와 회색 안개 같은 데이지의 옷깃을 나부끼게 했다. 데이지가 말했다.

“그래도 여기 온 사람들은 그동안 우리가 알고 있던 사람들보다는 재미있네요.”

“당신은 별로 재미있어 보이지 않던데?”

“재미있었어요.”

톰은 웃음 띤 얼굴로 나를 바라보았다.

“아까 그 아가씨가 술주정할 때, 데이지 얼굴을 봤나?”

그때 데이지가 허스키한 목소리로 음악에 맞춰 속삭이듯 노래를 부르기 시작했다. 멜로디가 높아지면 콘트랄토 가수들이 그러듯이 살짝 멈추었다가 다시 부르곤 했다. 그러다 갑자기 노래를 멈추고 이렇게 말했다.

“초대받지 않은 사람들도 많이 왔어요. 그 아가씨도 초대받지 않은 것 같던데……. 사람들이 그렇게 마구잡이로 밀고 들어오는데도 그 사람은 너무나 예의가 바르기 때문에 거절하지 못하는 거예요.”

“난 그것보다 그자의 정체가 더 궁금하단 말이야.”

톰이 끈질기게 말했다. 그러자 데이지가 대답했다.

“그게 그렇게도 궁금해요? 지금 당장이라도 말해 줄 수 있어요. 그는 약국을 대규모로 경영하고 있어요. 아주 많이요. 자기 힘으로 일으킨 사업이래요.”

그때 리무진이 서서히 차도 위로 굴러 들어왔다. 데이지가 말했다.

“오빠, 잘 자요.”

그녀의 시선은 곧 나를 떠나 불이 켜진 계단 꼭대기로 향했다. 그곳에서는 그해 유행하던 산뜻하고도 슬픈 왈츠 〈새벽 3시〉

(1919년 줄리언 로블리도가 작곡한 곡으로, 1921년 도로시 테리스가 가사를 붙여 크게 인기를 끌었다.—옮긴이)가 흘러나오고 있었다. 그 노래에 깃들어 있는 그 무엇이 그녀의 마음을 사로잡았던 것일까.

나는 그날 밤늦게까지 남아 있었다. 개츠비가 나에게 시간이 날 때까지 기다려 달라고 부탁했던 것이다. 그 바람에 나는 수영하던 패거리들이 상쾌한 기분으로 어두운 해변에서 올라오고, 손님방에서 불이 모두 꺼질 때까지 잔디밭에서 빈둥거리고 있었다.

마침내 개츠비가 계단을 내려왔다. 그의 얼굴은 전에 없이 거무스레하게 그을려 있었다. 두 눈은 반짝이면서도 피로해 보였다. 그가 말했다.

"그녀는 별로 좋아하지 않는 것 같더군요."

"아니에요, 좋아했어요."

"아닙니다, 좋아하지 않았어요. 그녀는 즐거운 시간을 보내지 않았다고요."

그가 집요하게 말했다. 나는 그가 말할 수 없이 의기소침해 있다는 사실을 알아차렸다. 얼마 후 그가 다시 입을 열었다.

"그녀가 멀게만 느껴졌어요. 그녀를 이해시키기가 무척 어렵군요."

"그 춤 말입니까?"

"춤이라고요? 춤은 중요한 게 아니지요."

그는 데이지가 톰에게 "난 한 번도 당신을 사랑한 적이 없어요."라고 말해 주길 바랐다. 그 말로 지난 3년의 세월을 말끔히 지워 버리고 나면, 그래서 데이지가 톰에게서 자유로워지고 나면 함께 루이빌로 돌아가 그녀의 집에서 결혼식을 올리는 것이 목표였다. 마치 5년 전처럼 말이다.

그는 절망적인 목소리로 다시 말했다.

"그녀는 이해하지 못해요. 전에는 내가 무슨 말을 하든 모두 이해를 했거든요. 몇 시간씩이나 같이 앉아서……."

그는 갑자기 말을 끊더니 과일 껍질과 선물 상자, 짓이겨진 꽃들이 어지럽게 널려 있는 길을 왔다 갔다 하기 시작했다. 내가 말했다.

"나 같으면 그녀에게 너무 많은 것을 요구하지는 않을 겁니다. 과거를 반복할 수는 없으니까요."

"과거를 반복할 수 없다고요? 아니요, 그럴 수 있어요. 있고말고요."

그는 믿어지지 않는다는 듯이 큰 소리로 말했다. 마치 과거가 손이 닿지 않는, 그러니까 자기 집 그늘진 구석 어디쯤에 숨어 있기라도 한 듯이 주위를 두리번거리면서 단호한 목소리로 다시 말했다.

"난 모든 것을 예전으로 돌려놓을 생각입니다. 그녀도 곧 알게 될 거예요."

그 후로도 그는 그 과거에 대해 많은 이야기를 늘어놓았다. 나는 그 이야기를 들으면서 그가 되돌리고 싶어 하는 것이 데이지를 사랑하는 데 들어간 그의 정념 같은 것이 아닐까, 하고 막연하게 추측했다.

……5년 전 어느 가을날 밤, 개츠비와 데이지는 나뭇잎이 떨어지는 거리를 함께 걷다가 달빛으로 하얗게 물든 인도에 이르렀다. 그들은 그곳에 멈춰 서서 서로에게 몸을 기울였다. 1년 중 두 계절이 자리바꿈을 할 때 오는, 신비스러운 흥분이 스며 있는 서늘한 밤이었다. 집 안에 켜져 있는 환한 불빛들이 어둠 속에서 콧노래를 흥얼거리고 있었고, 하늘의 별들도 나지막이 뭔가를 소곤거리고 있었다.

데이지의 하얀 얼굴이 얼굴에 와 닿자 그의 가슴은 점점 더 빨리 뛰었다. 이 아가씨와 입을 맞추고 말로 표현할 수 없는 자신의 꿈을 그녀의 숨결과 결합시키는 순간, 숨이 멎어 버릴지도 모른다는 생각이 들었다. 그는 그녀에게 입을 맞추었다. 마침내 그녀는 그를 위해 한 송이 꽃처럼 피어났고, 그의 꿈은 실현이 되었다.

그가 들려주는 이야기를 듣는 동안 끊임없이 머릿속을 맴맴도는 것이 있었다. 포착할 수 없는 리듬이랄까, 오래전에 어디선가 잃어버린 말의 파편이랄까. 한순간 어떤 구절이 입가에 막 떠오르려고 하다가, 불현듯 벙어리처럼 입술만 공허하게 벌어지고 말았다. 결국 그 말들은 아무런 소리를 내지 못했고, 내가 간신히 떠올렸던 구절도 영원히 전달할 수 없게 되었다.

제 10 장

이상한 관계

개츠비에 대한 호기심이 최고조에 달했던 것은 어느 토요일 밤, 그러니까 그의 집에 불이 켜지지 않으면서부터였다. 나는 한껏 기대에 부푼 채 그의 저택으로 달려왔던 자동차들이 잠깐 멈칫거리다가 화가 나서 되돌아간다는 사실을 한참 뒤에야 알았다. 나는 혹시라도 개츠비가 병이라도 난 것은 아닌지 걱정이 되어서 일부러 그의 집으로 건너가 보았다. 험상궂은 인상의 낯선 집사가 문간에서 미심쩍은 표정으로 내다보았다.

"개츠비 씨가 어디 편찮으신가요?"

"아닙니다."

그는 잠시 사이를 두고 마지못한 투로 '선생님'이라는 호칭을 덧붙였다.

"요새 통 뵙지를 못해서요. 캐러웨이란 사람이 찾아왔었다고 전해 주십시오."

"누구라고요?"

"캐러웨이요."

"캐러웨이. 네, 알겠습니다. 그렇게 전하겠습니다."

그는 그렇게 대답하고는 문을 쾅 닫아 버렸다.

우리 집 핀란드 인 가정부의 말에 따르면, 개츠비가 1주일 전에 하인들을 모두 해고시키고, 대여섯 명의 하인들을 새로 고용했다는 것이다. 그들은 웨스트에그까지 가지 않고 전화로 식료품을 주문해서 생활한다고도 했다. 식료품 배달 소년은 부엌이 마치 돼지우리 같더라고 전했고, 마을에는 새로 고용된 사람들이 도무지 하인 같지가 않다는 소문이 돌았다.

다음 날 개츠비가 전화를 걸어 왔다. 내가 물었다.

"떠나려고 하십니까?"

"아닙니다."

"하인들을 모두 바꾸었다면서요?"

"입이 무거운 사람들이 필요해서요. 데이지가 자주 놀러 오거든요."

말하자면 데이지의 불만스런 눈빛 때문에 이 거대한 저택 전체가 종이로 만든 집처럼 한순간에 폭삭 주저앉아 버리고 만 것이었다.

"울프심이 돌보는 사람들이에요. 모두 나와 형제자매 같은 사이지요."

그는 데이지의 요청으로 전화를 건 것이라고 했다. 다음 날 그녀의 집에 점심을 먹으러 가지 않겠느냐고 물었다. 조던도 올 예정이라 했다. 그러고 나서 30분쯤 뒤, 데이지가 직접 전화를 걸었다. 그녀는 내가 참석하겠다고 하자 매우 안심하는 눈치였다. 무슨 일이 있었던 게 분명했다. 그렇다고 그들이 그 자리에서 소동을 벌이리라고는 짐작도 하지 못했다.

다음 날은 몹시 무더웠다. 그해 여름 중 제일 더운 날이 틀림없었다. 내가 탄 기차가 터널을 지나 밖으로 나오자, 내셔널 비스킷 회사의 사이렌 소리만이 지글지글 끓는 한낮의 정적을 깨뜨리고 있었다. 차 안의 왕골 시트가 금방이라도 불이 당겨질 듯이 뜨겁게 버스럭거렸다.

"너무 덥군요! 대단한 날씨예요. 더워요! 더워도 너무 더워요. 손님도 덥지요?"

차장이 낯익은 얼굴들을 향해 투덜거렸다. 내 정기 승차권이 그의 손에서 거뭇한 때를 묻히고 다시 돌아왔다. 이 정도의 더위라면 차장이 누구의 달아오른 입술에 키스를 하든, 누구의 머리가 그의 가슴 쪽 셔츠 주머니를 축축하게 만들든 아무도 아랑곳하지 않을 것이다!

……드디어 개츠비와 나는 톰의 저택에 도착했다. 집사는 바깥에 쳐 놓은 차일 덕분에 그늘이 잘 드리워진 방으로 우리를 안내했다. 컴컴하긴 했지만 자못 시원했다. 데이지와 조던은 윙윙대는 선풍기 바람에 쉼없이 날리는 하얀색 옷자락을 손으로 눌러 가며 거대한 우상처럼 긴 의자에 누워 있었다.

"움직이질 못하겠어요."

그들은 한목소리로 말했다. 나는 분을 바르고 있는 조던의 그을린 손가락을 잠시 잡았다 놓았다. 그러고는 데이지를 바라보며 물었다.

"우리의 폴로 선수 톰 부캐넌 씨는?"

내 말이 채 끝나기도 전에 홀에서 퉁명스럽게 웅얼거리며 통화를 하고 있는 톰의 쉰 목소리가 들려왔다. 개츠비는 빨간 양탄자 위에 서서 황홀한 눈으로 주변을 살펴보았다. 데이지는 그를 쳐다보며 감미로운 웃음을 지었다. 그때 조던이 소곤거렸다.

"톰은 애인과 통화를 하고 있는 게 분명해요."

우리는 아무런 대꾸도 하지 않았다. 그때 톰의 목소리가 화를 내며 한층 더 높아졌다.

"좋아, 그러면 당신에겐 차를 팔지 않겠어. 나한테는 아무런 의무도 없으니까. 그리고 다음부턴 점심 시간에 그 문제로 나를 성가시게 하는 일이 없도록 하란 말이야!"

데이지가 빈정대듯이 말했다.

"수화기를 막고 떠들고 있는 거야."

"아니, 그렇지 않아. 저건 진짜 거래야. 어쩌다 알게 된 일이지만."

나는 그녀에게 단호하게 말했다. 잠시 후 톰이 문을 활짝 열더니 급히 방 안으로 들어왔다. 그러고는 짐짓 혐오감을 감춘 채 넓적한 손을 내밀었다.

"개츠비 씨로군요! 잘 오셨습니다. 잘 왔네, 닉……."

"찬 음료수 좀 만들어 줘요."

데이지가 소리쳤다. 톰이 방에서 나가자 그녀는 발딱 일어서서 개츠비 곁으로 가더니 그의 얼굴에 입을 맞추었다. 그리고 낮은 목소리로 속삭였다.

"내가 당신을 얼마나 사랑하는지 아시죠?"

"이 자리에 숙녀가 한 사람 더 있다는 걸 잊고 있군그래."

조던이 말했다. 그러자 데이지는 의아스런 표정으로 돌아보며 말했다.

"부러우면 너도 닉에게 키스를 하려무나."

"이런 점잖지 못한 부인 좀 봐요."

"그래도 상관없어!"

데이지는 이렇게 소리치고는 벽난로 쪽으로 가더니 신발로 벽돌을 토닥거리며 춤을 추기 시작했다. 그러다 곧 더위를 느꼈는지, 아니면 죄책감이라도 생겼는지 긴 의자에 가서 얌전히 앉왔다. 바로 그때 보모가 예쁜 옷을 차려입은 조그만 계집애를 데리고 방으로 들어왔다. 데이지는 두 팔을 내밀며 아이에게 달려가 나지막이 소곤댔다.

"아이고, 우리 보물! 이런, 엄마가 네 노란 머리에 분가루를 묻혔구나. 자, 손님들께 인사해야지."

개츠비와 나는 차례로 몸을 굽혀, 그 아이가 마지못해 내민 손을 잡았다. 그 뒤에도 개츠비는 놀라운 듯 아이에게서 눈을 떼지 못했다. 전에는 이 아이의 존재를 진심으로 믿지 않았던 모양이었다.

"점심 시간 전인데 옷을 갈아입었어요."

아이는 데이지에게 몸을 이리저리 돌려 보이며 말했다.

"엄마가 널 자랑하고 싶어서 일부러 그렇게 한 거란다. 넌 엄마의 꿈이야. 귀엽고 깜찍한 꿈……. 참, 엄마 친구들이 마음에 드니? 아저씨들, 멋지지 않니?"

데이지는 아이를 한 바퀴 돌려 세운 뒤 개츠비와 마주 보도록 하였다. 아이가 물었다.

"아빠는 어디 계세요?"

"음, 주방에…….이 앤 아빠를 하나도 안 닮았어요. 절 닮았지요. 생김새도 그렇고 머리카락도 그렇고…….."

데이지는 다시 긴 의자에 기대앉았다. 보모가 앞으로 한 발짝 나서더니 아이에게 손을 내밀었다. 아이는 내키지 않는 듯 주위를 둘러보고는, 이내 보모의 손을 잡고 밖으로 나갔다. 그때 톰이 얼음으로 가득 차 찰랑거리는 진 리키(진과 탄산수에 라임 과즙을 탄 음료—옮긴이) 넉 잔을 쟁반에 받쳐 들고 들어왔다.

개츠비가 먼저 자기 잔을 집어 들었다.

"정말 시원해 보이는데요."

그는 눈에 띄게 긴장한 목소리로 말했다. 우리는 음료를 쭉 들이켰다. 톰이 상냥한 목소리로 말문을 열었다.

"태양이 해마다 조금씩 더 뜨거워지고 있다고 어디선가 읽은 적이 있어요. 얼마 안 있어 지구가 태양 속으로 빨려 들어갈지도 모른다던가. 아니, 가만있자…… 그와 정반대였던 것 같기도 하고. 태양이 매년 식어 가고 있다던가……. 차라리 밖으로 나갑시다. 집 구경을 시켜 드리지요."

톰이 개츠비에게 제안했다. 나는 그들과 함께 테라스로 나갔다. 푸른 해협에 작은 돛단배 한 척이 드넓은 바다 쪽으로 천천히 나아가고 있었다. 개츠비의 눈이 한동안 그 배를 쫓더니, 별안간 한 손을 들어 해협 건너편을 가리켰다.

"전 댁의 바로 건너편에 살고 있습니다."

"참, 그렇군요."

우리는 눈을 들어 장미 꽃밭 너머의 뜨거운 잔디밭과, 해변을 따라 아무렇게나 나 있는 잡초 덤불을 건너다보았다. 돛단배의 하얀 날개가 파랗고 서늘한 하늘의 경계를 배경으로 여유롭게 움직이고 있었다. 그 앞에는 부채처럼 펼쳐진 대양과 수없이 많은 섬들이 가로놓여 있었다. 우리는 곧 덥지 않게 차양을 쳐 놓은 식당에 들어가 점심 식사를 하면서 차가운 흑맥주로 불안한 흥겨움을 식혔다. 갑자기 데이지가 소리쳤다.

"오늘 오후에 뭘 할까요? 그리고 내일은? 그리고 또 앞으로 30년은?"

"유난 떨지 말아요. 가을이 돼서 날씨가 상쾌해지면 인생은 다시 시작되게 마련이니까."

조던이 대꾸했다.

"너무 덥잖아. 모든 일이 뒤죽박죽이고. 차라리 우리 다 같이 시내에 나가는 게 어때요?"

데이지는 곧 울음이라도 터뜨릴 듯한 기세였다. 그녀의 목소리는 더위를 뚫고 나아가려고 안간힘을 쓰는 것 같았다. 그때 톰이 개츠비에게 말했다.

"마구간을 고쳐 차고로 만든다는 얘기는 들어 봤지요? 하지만 차고를 마구간으로 바꾼 사람은 내가 처음일걸요."

"누구, 시내에 나갈 사람 없어요?"

데이지가 끈질기게 다그쳤다. 개츠비의 시선이 그녀 쪽으로 흘러갔다. 순간 데이지가 개츠비를 향해 외쳤다.

"아, 당신…… 정말 멋져 보여요."

두 사람의 눈이 허공에서 마주치자, 그들은 둘만의 공간에서 서로를 한참 동안 응시했다. 그녀는 힘겹게 시선을 식탁 아래로 돌렸다. 그러고는 되풀이해 말했다.

"당신은 언제나 멋져 보여요."

데이지는 지금 그를 사랑한다고 말하고 있는 셈이었다. 톰은 그것을 재빨리 알아차렸다. 그는 그야말로 아연실색하지 않을 수 없었다. 바보처럼 입을 벌린 채 개츠비를 쳐다보다가, 마치 오래전에 알았던 사람을 지금에서야 다시 알아본 것처럼 데이지를 바라보았다. 그러다 대뜸 이렇게 말했다.

"좋아, 나도 시내에 나가고 싶어졌어. 자, 다 같이 시내에 나가자고!"

그는 여전히 개츠비와 데이지를 번갈아 쏘아보며 자리에서 일어섰다. 하지만 아무도 움직이지 않았다. 그는 성난 목소리로 다시 외쳤다.

"자, 어서! 도대체 왜들 이러지? 시내에 나갈 거라면 지금 출발하자니까!"

톰은 화를 억누르느라 애를 쓰며 떨리는 손으로 흑맥주 잔을 들어 마지막 한 모금을 들이켰다. 결국 우리는 자리에서 쫓기듯 일어서서 태양이 이글거리는 차도로 나갔다.

"지금 당장 떠나는 거예요? 이렇게 그냥요?"

그녀가 이의를 제기했다. 그러나 톰은 아무런 대꾸도 하지 않았다.

"당신 뜻대로 할게요."

데이지는 금세 기가 죽어 이렇게 말하고는, 위층으로 올라가 외출할 채비를 하였다. 남자들 셋은 뜨거운 자갈을 발로 차면서 데이지와 조던을 기다렸다. 서쪽 하늘에는 벌써 은빛 초승달이 걸려 있었다. 그때 개츠비가 무슨 말을 하려다가 그만두자, 톰이 홱 돌아서더니 그를 노려보며 다그쳐 물었다.

"방금 뭐라고 하셨습니까?"

"여기에 마구간이 있나요?"

개츠비가 애써 물었다.

"이 길로 800미터쯤 내려가면 있어요."

잠시 대화가 끊겼다. 얼마 후 톰이 내깔기듯이 중얼거렸다.

"뭣 때문에 시내에 나가자는 건지 모르겠단 말이야. 여자들의 머리통에 든 생각이란 꼭 이렇게……."

그때 데이지가 2층 창문에서 얼굴을 내밀고 물었다.

"뭐, 마실 거라도 가지고 가야 하지 않을까요?"

"위스키를 꺼내 오지."

톰은 이렇게 말한 뒤, 집 안으로 성큼성큼 걸어 들어갔다. 개츠비가 딱딱하게 굳은 표정으로 나를 돌아다보았다.

"이 집에서는 아무 말도 할 수가 없군요. 그녀의 목소리는 돈으로 가득 차 있어요."

나는 잠시 머뭇거렸다. 바로 그것이었다. 전에는 미처 깨닫지 못했던 사실……. 데이지의 목소리는 돈으로 가득 차 있었다. 그 안에서 높아졌다 낮아졌다 하는 그 딸랑거리는 소리, 그 심벌즈 같은 노랫소리……. 하얀 궁전 저 높은 곳에 임금님의 따님이, 그 황금의 아가씨가 있었다.

그때 톰이 술병을 수건으로 감싸면서 집에서 나왔다. 그리고 챙이 넓은 모자를 쓰고 팔에 얇은 숄을 걸친 데이지와 조던이 그 뒤를 따랐다.

"모두 내 차로 가실까요? 이럴 줄 알았으면, 그늘에 세워 둘 걸 그랬군요."

개츠비가 자동차의 뜨거운 녹색 시트를 만지작거리며 제안했다. 그러자 톰이 퉁명스럽게 물었다.

"변속 기어인가요?"

"네, 그렇습니다."

"그럼, 댁이 내 쿠페를 모세요. 내가 댁의 차를 몰겠소."

개츠비는 이 제의가 마땅치 않은 눈치였다.

"휘발유가 넉넉지 않을걸요."

"이 정도면 충분해요. 부족하면 가다가 넣으면 되고."

톰이 뻐기듯이 말했다. 순간 데이지가 얼굴을 찌푸리면서 톰의 얼굴을 쳐다보았고, 개츠비의 얼굴에는 뭐라고 표현하기 어려운 표정이 어렸다.

"데이지, 이리 와. 이 곡마단 마차에 태워 줄 테니."

톰은 데이지를 개츠비의 자동차 쪽으로 끌면서 말했다. 하지만 그녀는 톰이 자동차 문을 여는 사이, 그의 팔에서 잽싸게 빠져나왔다.

"당신은 닉하고 조던을 데려가세요. 우린 쿠페를 타고 뒤따를게요."

그녀는 개츠비에게 바짝 다가서서 걸으며 그의 외투를 손으로 만지작거렸다. 조던과 톰, 그리고 나는 개츠비의 차에 올랐다. 톰은 익숙지 않은 기어를 시험 삼아 조작해 보더니, 숨 막힐 듯한 더위 속으로 쏜살같이 차를 몰았다. 뒤에 남겨진 두 사람의 모습은 더 이상 보이지 않았다.

톰이 말했다.

"내가 바보인 줄 알고 있고 있어, 그렇지? 하기야 난 바보인지도 몰라. 그러나 내게도 그……, 그러니까 이럴 때 어떻게 해야 될지 본능적으로 알아차리는 육감이라는 게 있단 말이야. 믿지 않을지 모르지만 과학은……."

그는 갑자기 말을 멈추었다. 조금 전에 자신에게 닥친 돌발적인 사건이, 그를 이론의 심연에서 끄집어 올린 것이었다.

"저자에 대해 조사를 좀 해 봤지. 이럴 줄 알았더라면 더 철저히 조사해 보는 건데……."

"그럼 그가 옥스퍼드 대학교 출신이란 걸 알아냈겠군요."

조던이 끼어들었다.

"옥스퍼드 대학교 출신이라고? 빌어먹을, 퍽도 그렇겠군! 뉴 멕시코 주에 있는 옥스퍼드인 모양이지?"

그는 어처구니없다는 표정으로 코웃음을 쳤다.

"이보세요, 톰. 그렇게 속물스럽게 굴 거라면 무엇하러 그 사람을 점심 식사에 초대했어요?"

조던이 화가 나서 따졌다.

"데이지가 초대한 거지. 우리가 결혼하기 전부터 알던 사이라나. ……어디서 어떻게 알게 됐는지는 귀신이나 알 일이지만!"

그때 우리는 흑맥주의 취기에서 막 깨어나고 있는 중이어서, 모두들 신경이 예민해져 있었다. 그는 그것을 깨달았는지 한참 동안 아무 말 없이 달렸다. 그러다 어느 순간, 안과 의사 에클버그의 빛바랜 눈이 길 아래쪽으로부터 시야에 들어왔다. 나는 연료가 부족할지도 모른다고 했던 개츠비의 말이 생각났다. 톰이 내 속을 들여다보기라도 한 듯 중얼거렸다.

"시내까진 넉넉히 갈 수 있어."

"그렇지만 저기 주유소가 있잖아요. 이 타는 듯한 더위에 휘발유가 떨어져서 꼼짝 못하게 되는 건 정말 싫어요."

조던이 반대하고 나섰다. 그러자 톰은 화가 나서 브레이크를 급하게 밟았다. 그 바람에 우리가 탄 차가 윌슨 정비소의 간판 밑으로 미끄러져 들어가 우뚝 멈췄다. 잠시 뒤 윌슨이 가게 안쪽에서 나타나더니 퀭한 눈으로 자동차를 바라보았다. 톰이 거친 목소리로 외쳤다.

"휘발유 좀 넣어 주게. 우리가 뭣 때문에 여기에 멈춘 것 같나? 설마 경치나 감상하러 온 거라 생각하진 않겠지?"

하지만 윌슨은 꼼짝도 하지 않았다.

"몸이 좀 아파요. 온종일 앓고 있다고요."

"그럼 내가 직접 넣을까? 아까 통화할 때는 그리 기운 없어 보이지 않더구먼."

톰이 비아냥거렸다. 윌슨은 기대서 있던 기둥에서 간신히 몸을 떼고는 가쁘게 숨을 몰아쉬며 휘발유 탱크의 뚜껑을 열었다. 햇빛 아래에서 보니 얼굴빛이 푸르죽죽했다.

"점심 식사를 방해할 생각은 없었어요. 하지만 돈이 아주 급해서……. 그리고 당신이 옛날 차를 어떻게 할 건지 궁금하기도 했고요."

"이 차는 어떻소? 지난주에 산 건데."

톰이 물었다. 윌슨은 주유기의 손잡이를 잡으면서 말했다.

"노란색이 아주 근사하네요."

"살 생각이 있소?"

"싫습니다. 지난번 그 차라면 돈을 벌 수 있을 테지만."

윌슨은 힘없이 미소를 지었다.

"왜 갑자기 돈이 그리 필요한 거요?"

"이곳에 너무 오래 살았어요. 다른 데로 이사를 가려고요. 집

사람과 함께 서부로 가고 싶어요.”

“부인이 가고 싶어 해요?”

톰은 깜짝 놀라 큰 소리로 외쳤다.

“집사람은 10년 전부터 그 소리를 해 왔지요. 이번엔 그 사람이 원하든 원하지 않든 데리고 가려고요.”

그는 주유기에 잠깐 기대서서 눈을 가리고 쉬었다. 그때 쿠페가 먼지를 한바탕 일으키며 다가오더니, 손을 흔들며 우리 곁을 지나갔다. 톰이 사나운 목소리로 물었다.

“얼마요?”

“실은 이틀 전에 집사람의 비밀을 알게 되었거든요. 자동차 때문에 귀찮게 한 것도 그래서였고요.”

“얼마냐니까?”

“1달러 20센트예요.”

무지막지하게 뜨거운 더위로 정신이 다소 산란해져 있던 터라, 나는 그가 아직 톰을 의심하고 있지 않다는 사실을 깨닫는 데 한참이 걸렸다. 그는 머틀이 자기와 다른 세계에서 다른 삶을 누리고 있었다는 사실을 발견하고 병이 난 듯했다. 톰 역시 불과 1시간 전에 그와 똑같은 발견을 한 상태였다.

톰이 말했다.

“차를 팔겠소. 내일 오후에 보내 주지.”

그때 나는 뒤를 조심하라는 경고를 받기라도 한 듯 뒤쪽으로 황급히 고개를 돌렸다. 정비소 위층 창문에서 머틀이 아래를 내려다보고 있었다. 그녀는 너무나 열중한 나머지, 내가 보고 있다는 사실조차 의식하지 못하는 듯했다. 그녀의 표정에는 질투와 분노가 잔뜩 뒤섞여 있었다. 그런데 이상하게도 질투와 분노가 서린 그녀의 눈길이 톰이 아니라 조던을 향하고 있었다. 아무래도 조던을 톰의 아내로 착각한 모양이었다.

제 11 장
사랑의 미로

차가 달리는 동안, 톰은 불안감에 휩싸여 계속 허둥거렸다. 1시간 전만 해도 온전히 그의 소유였던 아내가 갑자기 자신의 손아귀에서 빠져나가고 있었던 것이다. 윌슨을 뒤로하고 데이지를 쫓아가기 위해 그는 본능적으로 가속기를 밟았다. 에스토리아를 향해 시속 200킬로미터로 달려, 마침내 고가 철도의 거미줄 같은 구름다리 사이에 이르렀다. 그제야 한가로이 달리고 있는 푸른색 쿠페가 보였다.

"50번가 근처의 영화관이 시원해요. 전 여름날 오후의 뉴욕이 참 좋아요. 뭔가 감각적인 데가 있거든요."

조던이 말했다. 톰은 '감각적'이란 말이 몹시 거슬렸지만, 반대할 만한 이유를 딱히 찾아내지 못했다. 그때 앞서가던 쿠페가 별안간 멈춰 섰다. 데이지가 옆에 차를 세우라고 손짓을 하며 물었다.

"어디로 갈 거예요?"

톰이 소리쳤다.

"영화 보는 거 어때?"

"너무 더워요. 당신들이나 가요. 우리는 드라이브를 하다가 나중에 합류할게요. 어느 모퉁이에서 만나죠."

데이지가 애교 섞인 목소리로 말했다. 그때 트럭 한 대가 우리 뒤에서 비키라고 욕지거리를 퍼부으며 경적을 울려 대었다. 톰이 조급하게 말했다.

"센트럴 공원 남쪽 플라자 호텔 앞으로 날 따라와."

그는 운전을 하면서 몇 번이나 고개를 돌려 쿠페가 따라오고 있는지 확인을 했다. 교통 신호 때문에 그들이 늦어지면 차가 보일 때까지 속도를 늦추었다. 그들이 옆길로 새어 자신의 삶에서 영영 도망쳐 버리지나 않을지 조바심이 나는 듯했다. 그러나 그들은 그러지 않았다.

그날 우리는 플라자 호텔의 특실을 빌리는, 정말로 설명하기 어려운 행동을 했다. 그 방으로 몰려 들어갔을 때까지 얼마나 소란스럽게 입씨름을 했는지 정확히 생각나진 않지만, 속옷이 땀으로 축축해져서 뱀처럼 온몸을 휘감았던 기억은 아직도 생생하다.

　방은 생각보다 넓었지만 더위 탓인지 몹시 답답하게 느껴졌다. 어느덧 4시가 되었는데도 열어 놓은 창문으로는 뜨거운 바람만이 불어올 뿐이었다. 데이지는 거울 앞으로 가서 우리에게 등을 돌린 채 머리를 매만졌다. 그러다 뒤도 돌아보지 않고 명령하듯 말했다.

　"다른 창문도 열어. 아님 인터폰을 해서 도끼라도 가져오라고 하든가……."

　"더위는 그냥 잊어버리면 되는 거야. 덥다고 짜증을 부리면 열 배는 더 더워진다고."

　톰이 성마르게 대꾸했다. 그는 위스키 병을 꺼내 수건을 풀고는 탁자 위에 올려놓았다. 그때 개츠비가 끼어들었다.

　"데이지를 그냥 내버려 두시오, 형씨. 결국 시내로 오자고 한 것은 당신이었잖소?"

　잠깐 동안 침묵이 흘렀다. 마침 그때 벽의 고리에 걸려 있던 전화번호부가 바닥에 떨어졌다. 조던이 짐짓 장난스럽게 "미안해요."라고 소곤댔지만 아무도 호응하지 않았다. 내가 그것을 주우려고 하자, 개츠비가 먼저 집어 들더니 재미있다는 듯 "흠!" 하고는 의자 위로 던졌다.

　"그게 당신이 사용하는 고매한 말씨로군. 그렇지요?"

　톰이 쏘아붙였다.

"뭐 말입니까?"

"그 '형씨' 어쩌고 하는 거 말이오. 그 말은 어디서 주워들은 거요?"

"이봐요, 톰. 당신이 계속 이렇게 인신공격이나 할 작정이라면 난 여기서 단 1분도 더 있지 않겠어요. 전화를 걸어 민트 줄렙에 넣을 얼음이나 주문해요."

데이지가 거울 앞에서 돌아서며 말했다. 톰이 수화기를 들자 멘델스존의 결혼 행진곡이 흘러나왔다. 아래층의 연회장에서 결혼식이 진행되고 있는 모양이었다.

조던이 시무룩한 목소리로 말했다.

"이 더위에 결혼식을 올리다니!"

"나도 6월 중순에 결혼했어. 그것도 루이빌에서 말이야! 하도 더워서 기절한 사람도 있었는데! 톰, 그때 기절한 사람이 누구였지요?"

데이지의 말에 톰이 짤막하게 대답했다.

"빌록시였잖아."

"맞아. 사람들이 그를 우리 집으로 실어 갔어요. 교회에서 두 집 건너면 바로 우리 집이었거든. 그 남자는 우리 집에 3주일이나 머물러 있었는데, 그가 떠난 다음 날 아빠가 돌아가셨죠."

결혼식이 본격적으로 시작되자 음악 소리 대신 박수 소리가 창문을 통해 흘러 들어왔다. 그리고 얼마 후에는 무도회가 시작되었는지 재즈 음악이 터져 나왔다.

"우리는 이제 늙어 가고 있어. 젊었다면 이럴 때 자리에서 일어나 춤을 출 텐데."

데이지가 말하자, 조던이 그녀에게 경고를 하였다.

"빌록시를 기억하자고. 근데 톰, 그 사람은 어떻게 아는 사이였어요?"

"빌록시 말이오? 데이지의 친구였소."

톰의 말에 데이지는 고개를 가로저었다.

"내 친구가 아니에요. 난 그 사람을 그 전에 한 번도 본 적이 없어요."

"어쨌든 그 사람은 당신을 안다고 했어."

조던이 빙그레 웃었다.

"아마도 남의 차를 타고 고향에 가던 길이었나 보죠. 나한테는 자기가 예일 대학교에 다닐 때, 당신 학번의 대표였다고 했거든요."

톰과 나는 서로의 얼굴을 멍하니 바라보았다.

"빌록시가?"

"예일에는 학번 대표란 게 없었는데?"

그때 개츠비가 불안한 듯 다리를 떨자, 톰이 그를 빤히 바라보았다.

"개츠비 씨, 당신은 옥스퍼드 대학교 출신이라면서요?"

"꼭 그렇다고 할 수는 없습니다."

"아니, 맞아요. 그렇게 들었던 걸로 기억해요."

"네, 그곳에 얼마간 있기는 했지요."

잠시 말이 끊겼다. 그러고 나서 톰이 믿을 수 없다는 듯이 모욕적인 말투로 이렇게 말했다.

"빌록시가 뉴헤이번에 가 있을 때 당신은 그곳에 계셨군요."

다시 대화가 끊겼다. 웨이터가 노크를 하고는 잘게 부순 박하와 얼음을 가지고 들어왔다. 그가 나간 뒤에도 한참 동안 침묵을 깨뜨리는 사람은 없었다. 마침내 개츠비가 입을 열었다.

"1919년인가, 난 그곳에 다섯 달밖에 머물지 않았어요. 그러니 딱히 옥스퍼드 대학교 출신이라 할 수는 없지요."

톰은 우리도 자기처럼 그 말을 믿지 않는 눈치인지 살피느라고 주위를 두리번거렸다. 그러나 우리는 모두 개츠비를 쳐다보고 있었다.

"휴전하고 난 뒤에 장교들에게 그런 기회가 주어졌어요. 덕분에 영국이나 프랑스의 아무 대학에나 입학할 수 있었지요."

순간 나는 일어나서 그의 등을 두드려 주고 싶은 충동에 사로잡혔다. 전에도 그런 경험이 있었는데, 그에게 갖고 있던 완전한 신뢰감이 새삼스럽게 되살아난 것이었다. 그때 데이지가 살짝 미소를 띠며 자리에서 일어서더니 탁자 쪽으로 걸어가며 말했다.

"톰, 위스키 병을 따요. 내가 민트 줄렙을 만들어 줄게요. 그걸 마시고 나면 지금처럼 바보같이 보이진 않을 거예요."

"잠깐만 기다려 봐. 개츠비 씨에게 물어볼 게 더 있으니까."

"계속하시지요."

개츠비는 공손하게 말했다.

"당신은 도대체 우리 집에 얼마나 더 분란을 일으킬 셈이오?"

마침내 모든 것을 툭 터놓고 맞서게 되자, 개츠비는 차라리 흐뭇하게 여기는 표정이었다. 대신 데이지가 절망적인 얼굴로 두 사람을 번갈아 쳐다보았다.

"분란을 일으키고 있는 건 저이가 아니에요. 당신이 분란을 일으키고 있는 거지요. 제발 조금이라도 자제력을 보이세요."

"자제력이라고! 어디서 왔는지도 모르는 자가 자기 마누라와 놀아나는 걸 보고도 가만히 내버려 두고 있을 사람이 어디 있단 말이야? 요즘 들어 사람들이 가족 제도를 부쩍 비웃고 있는데, 이러다가는 백인하고 검둥이가 결혼하겠다고 나서겠군."

톰은 흥분해서 횡설수설하느라 얼굴이 벌겋게 달아올랐다. 그러다가 자신이 문명의 마지막 한계선을 지키고 서 있다는 사실을 깨달은 듯 눈빛이 흐려졌다.

"여기 있는 사람은 모두 백인인걸요."

조던이 중얼거렸다.

"내가 인기가 없다는 건 알아. 난 성대한 파티 따위를 열지 않으니까. 그런데 친구를 사귀려면 자기 집을 돼지우리로 만들어 놓아야 하나 보군. 현대 사회에선 말이야."

나는 다른 사람들과 마찬가지로 화가 치밀었지만, 톰이 입을 열 때마다 헛웃음이 비어져 나왔다. 톰은 이제 바람둥이에서 도덕군자로 바뀌어 있었다. 개츠비가 입을 열었다.

"형씨, 당신에게 말해 둘 게 있어요⋯⋯."

순간 데이지가 그의 의도를 눈치채고 절망적인 표정으로 가로막았다.

"제발 그만두세요! 이제 그만 집으로 돌아가요."

"그것 좋은 생각이군. 자, 톰, 돌아가자고! 아무도 술을 마실 생각이 없는 모양이네."

나는 자리에서 일어나며 짐짓 데이지의 말을 거들었다.

"난 개츠비 씨가 하고 싶은 말이 뭔지 알고 싶어."

톰이 고집을 피우자 개츠비는 당당한 목소리로 말했다.

"데이지는 당신을 사랑하지 않습니다. 당신을 사랑한 적이 한 번도 없었다고요. 그녀는 나를 사랑하고 있어요."

"미쳤군그래!"

톰이 버럭 소리를 질렀다. 개츠비 역시 잔뜩 흥분해서 벌떡 일어섰다.

"당신을 사랑한 적이 한 번도 없었단 말입니다, 알아듣겠소? 내가 가난했던 탓에 기다리다 지쳐서 당신과 결혼했던 것뿐이오. 물론 그건 아주 큰 실수였지요. 그녀는 여태껏 나 말고는 그 어느 누구도 사랑한 적이 없었으니까!"

나는 그 자리에 더 이상 머무르고 싶지가 않았다. 내가 조던과 함께 밖으로 나가려 하자, 톰과 개츠비가 경쟁이라도 하듯 그 자리에 남아 있어 달라고 사정을 했다. 더 이상 감출 것이 없어진 두 사람은, 자신들의 감정을 우리가 함께 경험하는 것이 무슨 특권이라도 되는 듯이 굴었다.

"데이지, 잠깐 앉지. 대체 그동안 무슨 일이 있었던 거야? 모두 듣고 싶어."

톰은 자상한 아버지같이 점잖은 목소리를 내려고 했지만 뜻대로 되지 않았다. 개츠비가 말했다.

"그동안 있었던 일을 내가 말하지 않았습니까? 벌써 5년이 되어 갑니다. 당신만 몰랐던 거요."

톰은 데이지 쪽으로 몸을 돌렸다.

"그럼 지난 5년 동안 이 작자를 만나 왔다는 거야?"

"그런 얘기가 아니오. 우린 그동안 만날 수가 없었소. 하지만 변함없이 서로를 사랑하고 있었소. 당신은 그걸 몰랐던 거요. 그래서 혼자 웃은 적도 있었지."

"이제 다 말했소?"

톰은 두툼한 손바닥을 토닥거리며 의자에 기대앉았다. 그러다 갑자기 고함을 질렀다.

"미쳤군! 하지만 5년 전에 일어난 일에 대해선 상관하지 않겠소. 그때는 내가 데이지를 알기 전이니까. 그러나 나머지는 모두 빌어먹을 거짓말이오. 데이지는 나와 결혼할 때도 날 사랑했고, 지금도 날 사랑하고 있소."

"그렇지 않아요. 누가 뭐라고 해도 그녀는 날 사랑하고 있소. 어쩌다 그녀가 어리석은 생각에 빠질 때가 있어서 탈이긴 하지만. 하긴 나도 가끔 술에 취해 바보짓을 할 때가 있지. 아무튼 나 역시 줄곧 그녀를 사랑하고 있었소."

개츠비는 데이지 옆으로 다가가서 다시 말을 이었다.

"데이지, 이젠 괜찮아요. 이제는 상관없다고요. 그에게 진실을 말해요. 단 한 번도 사랑하지 않았다고……. 그러면 그 일은 영원히 씻겨 없어지는 거요."

그녀는 그를 멍하니 쳐다보았다.

"아니, 내가 어떻게 저 사람을 사랑할 수 있었겠어요?"

"당신은 저 사람을 한 번도 사랑한 적이 없소."

개츠비의 말에 데이지는 잠시 머뭇거렸다. 그러고는 호소하는 듯한 눈빛으로 조던과 나를 바라보았다. 마치 이제야 자기가 무슨 짓을 저질렀는지 깨달았다는 듯이. 하지만 이미 엎질러진 물이었다.

"그를 사랑한 적이 없어요."

그녀는 그다지 내키지 않은 말투로 말했다.

"카피올라니(하와이 군도의 오아후 섬에 있는 공원—옮긴이)에서
도 나를 사랑하지 않았어?"

톰이 갑자기 따져 물었다.

"그래요."

아래층 연회장에서는 질식할 듯 답답한 화음이 뜨거운 바람
결을 타고 올라오고 있었다.

"당신의 구두가 젖지 않게 하려고 펀치볼(오아후 섬 호놀룰루
북쪽에 있는 분지—옮긴이)에서 당신을 안고 내려왔던 그날도?"

그의 목소리는 쉰 듯하면서도 상냥한 기운이 감돌았다.

"이제 제발 그만해요."

데이지의 목소리는 여전히 차가웠지만 증오는 가시고 없었
다. 그녀는 개츠비를 쳐다보았다.

"제이, 이제 됐나요?"

담배에 불을 붙이는 그녀의 손이 떨리고 있었다. 그녀는 갑자
기 담배와 불이 붙은 성냥개비를 양탄자 위에 팽개쳐 버렸다.
그리고 개츠비에게 소리쳤다.

"아, 당신은 욕심이 너무 많아요! 그래요, 지금 난 당신을 사랑
하고 있어요……. 그걸로 충분하지 않나요? 과거는 어쩔 수 없
는 거잖아요."

데이지는 걷잡을 수 없이 흐느껴 울기 시작했다.

"저 사람을 한 번쯤은 사랑했단 말이에요……. 하지만 당신도

사랑했어요."

개츠비는 눈을 번쩍 떴다 감았다. 톰이 사납게 말했다.

"거짓말이야. 데이지는 당신이 살아 있는지도 몰랐소. 아무튼…… 데이지와 나 사이엔 당신이 알지 못하는 일들이 있소. 우리가 영원히 잊지 못할 일들 말이오."

톰이 내뱉는 말 한 마디 한 마디가 개츠비의 몸을 물어뜯는 듯했다. 개츠비가 말했다.

"데이지와 단둘이서만 얘기를 좀 해야겠소. 지금은 그녀가 너무 흥분해서……."

"우리 둘만 있게 되더라도 난 톰을 한 번도 사랑한 적이 없었다고 말할 수는 없어요. 사실이 아니니까요."

데이지는 애처로운 목소리로 시인했다. 톰이 맞장구를 쳤다.

"물론 사실이 아닐 수밖에 없지."

그녀는 남편을 돌아보았다.

"마치 그게 당신에게 중요한 일인 것처럼 말하는군요."

"물론이지. 지금부턴 당신에게 좀 더 잘할 생각이거든."

"당신은 뭘 모르는군. 당신은 이제 데이지에게 잘해 줄 필요가 없소."

개츠비는 당황한 기색을 띠며 끼어들었다.

"그럴 필요가 없다고? 왜 그렇소?"

톰은 눈을 크게 뜨고 껄껄 웃었다. 이제야 자신을 억제할 여유가 생긴 듯했다.

"데이지는 곧 당신과 헤어질 테니까요."

"말도 안 되는 소리!"

"하지만 사실이 그런걸요."

그녀는 마지못한 목소리로 말했다.

"데이지는 나하고 헤어지지 않아요! 여자 손에 끼워 줄 반지까지 훔쳐야 하는 악명 높은 사기꾼 때문에 나와 헤어지는 일은 결코 없을 거라고!"

톰의 말은 개츠비를 후려갈기는 것 같았다.

"더 이상 못 참겠어요! 아, 제발 여기서 나가요."

데이지가 소리쳤다. 톰은 분통을 터뜨렸다.

"당신은 도대체 누구요? 마이어 울프심과 몰려다니는 패거리 중 하나가 틀림없지? 그 정도는 나도 알고 있소. 당신의 사업 관계를 좀 알아봤지. 그리고 내일 좀 더 알아볼 참이고."

"좋을 대로 하시구려, 형씨."

개츠비가 침착하게 말했다.

"당신이 운영한다는 약국의 정체가 뭔지 다 알고 있소. 이 사람과 그 울프심이란 작자는 말이야. 이곳과 시카고의 한산한 약국을 여러 개 사들여 에틸알코올을 팔고 있어. 그게 저 작자의 더러운 돈벌이 중 하나지. 처음 봤을 때부터 밀주업자일 거라고 생각했는데, 내가 그리 잘못 본 건 아니더라고."

"그게 어쨌다는 거요, 형씨? 당신 친구 월터 체이스는 자존심이 없어서 우리 사업에 한몫 끼었답디까?"

개츠비가 점잖게 말했다.

"나보고 '형씨' '형씨' 하지 마시오!"

톰이 고함쳤다. 개츠비는 아무 말도 하지 않았다.

"월터는 당신네들을 도박 금지법으로 유치장에 잡아넣을 수도 있었소. 그러나 울프심이 협박을 하는 바람에 입을 열지 못했던 거요. 그따위 약국 사업은 푼돈 놀이에 지나지 않아. 지금은 다른 꿍꿍이가 있는 사업을 벌이고 있는데, 월터가 겁이 나서 차마 나에게 말을 못하고 있지."

나는 데이지를 바라보았다. 그녀는 공포에 질려 개츠비와 톰, 그리고 조던을 번갈아 보고 있었다. 조던은 턱에 물건을 얹어놓고 떨어지지 않게 균형을 잡고 있는 것처럼 머리를 뒤로 젖힌 채 가만히 앉아 있었다. 개츠비는 마치 방금 살인이라도 저지른 듯한 기색이었다.

"제발요, 톰. 이제 더 이상은 못 참겠어요."

데이지는 집으로 가자고 애원했다. 겁에 질린 그녀의 눈에서는 그 어떤 의지나 용기도 발견할 수 없었다. 톰이 말했다.

"데이지, 둘이서 먼저 떠나. 개츠비 씨 차로 말이야. 어서 여기서 나가란 말야."

그녀는 놀란 눈으로 톰을 바라보았다. 그는 마치 아량이라도 베푸는 듯이 말했다.

"저자가 당신을 괴롭히진 않을 거야. 이제 주제넘은 애정 행각이 끝났다는 걸 알아차렸을 테니까."

결국 두 사람은 한 마디 말도 없이 밖으로 나갔다. 잠시 뒤 톰은 자리에서 일어나더니, 마개도 따지 않은 위스키 병을 수건에 싸기 시작했다.

우리가 그와 함께 쿠페에 올라타 롱아일랜드로 떠난 것은 7시 무렵이었다. 톰은 기분이 좋은 듯 껄껄껄 소리내어 웃으며 쉬지 않고 지껄여 댔다. 하지만 조던과 나에게 그의 목소리는 보도 위에서 나는 이질적인 소음처럼 아득하게 느껴졌다.

인간의 동정심에는 한계가 있게 마련이어서, 우리는 그저 그들의 비극적인 말다툼이 도시의 불빛 사이로 이렇게나마 스러져 가는 것을 다행스럽게 여겼다. 그리고 서늘해지는 황혼을 지나 죽음의 끄트머리로 부지런히 차를 몰아갔다.

제 12 장

죽음의 자동차

그날 재의 골짜기에서 레스토랑을 운영하는 그리스 인 마이클리스는, 그 더위에도 5시까지 낮잠을 자다가 깨어난 뒤 윌슨의 정비소 쪽으로 어슬렁어슬렁 걸어갔다.

정비소 사무실에서는 낯빛이 자신의 머리카락만큼이나 허여스름해진 윌슨이 몸을 덜덜 떨며 앓고 있었다. 마이클리스가 잠시라도 누워 있으라고 타일렀지만, 윌슨은 그러면 장사에 이만저만 손해가 아니라며 거절을 하였다. 이렇게 이웃 청년이 그를 타이르고 있을 때, 별안간 머리 위에서 와장창 하면서 유리창이 깨지는 소리가 났다.

윌슨이 침착한 목소리로 말했다.

"집사람을 위층에 가둬 놓았어. 모레까지 저렇게 가둬 둘 생각이야. 그리고 우리는 이사를 가는 거지."

마이클리스는 깜짝 놀랐다. 4년 가까이 이웃으로 살아왔지만 윌슨이 그런 말을 하는 것은 처음 보았기 때문이다. 사실 그는 그런 말을 할 만한 위인이 못 되었다. 자기 뜻대로 행동한다기보다 아내의 뜻에 따라 휘둘리는 남자였던 것이다.

그는 늘 지쳐 있었다. 일을 하지 않을 때는 문간에 의자를 내놓고 앉아서 길 가는 사람이나 차를 멍한 눈으로 바라보곤 하였다. 누가 말이라도 걸면 힘없이 특징 없는 웃음을 지어 보였다.

마이클리스는 무슨 일인지 캐물으려 했지만 윌슨은 한 마디도 대답하려 들지 않았다. 오히려 이 청년에게 묘한 의심의 눈초리를 던지더니, 어느 날 어느 시각에 무엇을 했는지 꼬치꼬치 따져 묻기 시작했다.

마이클리스가 다소 거북하게 느낄 즈음, 손님 몇 사람이 그의 레스토랑 쪽으로 가고 있는 것이 보였다. 마이클리스는 나중에 다시 와 보리라 생각하고 그 자리를 서둘러 떠났다.

두어 시간 뒤 마이클리스가 다시 밖으로 나왔을 때는 정비소 아래층에서 고래고래 고함을 지르는 머틀의 목소리가 들렸다.

"어디, 때려 봐요! 이 거지발싸개 같은 겁쟁이야!"

그리고 나서 그녀는 손을 흔들며 땅거미 속으로 뛰쳐나갔다. 윌슨이 사무실 문간에서 몸을 돌리기도 전에 이미 일은 끝나 있었다. 그때 신문에서 서술한 그 '죽음의 자동차'는 멈추지 않았다. 그 차는 짙어 가는 어둠을 헤치고 나타나 일순간 비극적으로 비틀비틀하더니 이내 다음 모퉁이로 사라져 버렸다. 마이클리스는 자동차의 색깔조차 정확히 알 수 없었다. 처음에는 경찰관에게 연한 녹색이라고 말했다.

뉴욕 쪽으로 달리던 다른 차가 10미터가량 지나쳐 갔다가 급히 차를 돌려 머틀이 무참하게 숨이 끊긴 채 길바닥에 엎드려 있는 곳으로 되돌아왔다. 마이클리스도 그곳으로 허겁지겁 달려갔다. 땀에 젖어 축축한 그녀의 셔츠 자락을 찢어 보니 왼쪽 가슴이 늘어진 채 덜렁거렸다. 그 아래 심장의 고동 소리는 들어 볼 필요조차 없었다.

저만치 앞에 자동차 서너 대와 사람들이 옹기종기 모여 있는 것이 보였다. 그것을 보고 톰이 말했다.

"자동차 사고로군! 잘됐어, 윌슨에게 작으나마 돈벌이가 되겠는걸."

그는 속력을 늦추었지만 차를 멈출 생각까진 없었다. 좀 더 가까이 다가가자, 정비소 앞에 긴장한 얼굴로 서 있는 사람들이 보였다. 그는 자기도 모르게 브레이크를 밟았다.

"잠깐 구경이나 하자고. 그냥 보기만 하면 돼."

그 순간 나는 정비소 안에서 공허한 울부짖음이 흘러나오는 것을 들었다. 우리가 쿠페에서 내려 문간으로 향했을 때는 그

소리가 "오, 하느님 맙소사!"라는 말로 바뀌어 있었다.

톰이 흥분하여 말했다.

"무슨 끔찍한 사고라도 난 게로군."

그는 발돋움을 하고는 둘러선 사람들의 머리 너머로 정비소 안을 들여다보려 애썼다. 그러다가 갑자기 외마디 소리를 지르더니, 억센 팔로 사람들을 난폭하게 밀어젖히며 안으로 파고들어 갔다.

사람들이 다시 앞을 막아서는 바람에 잠시 동안 아무것도 보이지 않았다. 그러다 새로 모여든 구경꾼들이 줄을 흐트러뜨리자, 조던과 나는 의지와 상관없이 안으로 떠밀려 들어갔다.

머틀의 시체가 담요 두 장에 덮인 채 벽 쪽 작업대 위에 놓여 있었다. 톰은 우리 쪽으로 등을 돌린 채 그 시체 위로 몸을 굽히고 있었다. 그의 곁에는 경찰관이 땀을 뻘뻘 흘리며 수첩에 이름을 받아썼다가 다시 고쳐 적곤 하였다.

처음에 나는 텅 빈 차고 안을 시끄럽게 울리는 그 신음 소리가 어디서 나는 것인지 알 수가 없었다. 그러다 잠시 후, 윌슨이 문간에 서서 "오, 하느님 맙소사! 오, 하느님 맙소사! 오, 하느님 맙소사!" 하고 울부짖고 있는 것을 발견하였다.

톰은 갑자기 고개를 쳐들더니 흐리멍덩해진 눈으로 정비소 안을 둘러보았다. 그러고는 입안에서 뭐라고 웅얼거린 뒤 넓적한 손으로 경찰관의 어깨를 잡았다. 경찰관이 고개를 들었다.

“당신은 뭡니까?”

“어떻게 된 일입니까?”

“자동차에 치였어요. 즉사했습니다.”

“즉사했다고요?”

톰은 경찰관을 빤히 쳐다보며 되뇌었다.

“저 여자가 도로로 뛰어들었어요. 망할 놈의 운전사는 차를 세우지도 않고 그냥 달아나 버렸고요.”

“차가 두 대 있었어요. 한 대는 내려가고 있었고, 다른 한 대는 올라가고 있었지요.”

마이클리스가 설명했다. 그러자 경찰관이 날카로운 목소리로 물었다.

“어느 쪽으로 갔다고요?”

“각기 반대 방향으로요. 저어, 저 여자가…….”

그의 손이 담요 쪽으로 반쯤 올라가다가 제자리로 내려왔다.

“……저어, 저 여자가 도로로 뛰어나갔고, 뉴욕에서 오던 차가 그녀를 정면으로 들이받았어요.”

그때 해쓱한 얼굴에 제법 잘 차려입은 흑인 한 사람이 가까이 다가왔다.

“노란색 차였습니다. 새 차였고요.”

“사고를 목격했나요?”

“아뇨, 하지만 그 차가 내 옆을 지나서 이 길 아래쪽으로 달려

가는 것을 보았습니다.”

이 대화 중 몇 마디가 문간에서 비틀거리고 있던 윌슨의 귀에 들렸던 모양이다. 왜냐하면 헐떡거리던 그의 신음 소리가 그치고 갑자기 이렇게 중얼거리는 소리가 들렸기 때문이다.

“그게 어떻게 생겼는지 설명할 필요 없어! 어떤 차인지 다 알고 있으니까!”

순간 톰의 어깨 근육이 뻣뻣해지는 것이 보였다. 그는 재빨리 윌슨에게로 걸어가더니 팔을 꽉 붙잡았다. 그러고는 타이르듯이 말했다.

“정신 차리게.”

윌슨의 눈이 톰에게로 내려앉더니 깜짝 놀라서 벌떡 일어났다. 톰이 그를 잡아 주지 않았다면 무릎을 꿇고 쓰러져 버렸을 것이다. 톰이 그를 흔들며 말했다.

“내 말 좀 들어 봐요. 난 지금 뉴욕에서 돌아오는 길이야. 전에 말하던 그 쿠페를 당신에게 갖다 주려고 오는 길이었단 말이야. 오늘 오후에 내가 몰던 그 노란색 차는 내 것이 아니오. 내 말, 알아듣겠소? 오후 내내 난 그 차를 보지 못했다고.”

경찰관은 그들의 대화에서 뭔가를 눈치챘는지 험상궂은 눈초리로 훑어보았다.

“지금 뭐 하는 거요?”

톰은 고개를 돌렸지만 손은 여전히 윌슨의 옷자락을 꽉 붙잡고 있었다.

"난 이 사람의 친구입니다. 이 사람이 사고 낸 차를 안다고 하
는군요. 노란색 차랍니다."

경찰은 톰의 목소리가 설핏 떨리는 듯하자, 다시 의심스런 눈
초리로 바라보았다.

"당신 차는 어떤 색깔입니까?"

"푸른색입니다. 쿠페죠."

"지금 막 뉴욕에서 오는 길입니다."

내가 덧붙여 말했다. 우리 뒤를 따라오던 차의 운전자가 이를
확인해 주자 경찰은 곧 뒤로 돌아섰다.

톰은 윌슨을 인형처럼 번쩍 들어 사무실로 데리고 들어간 뒤
의자에 앉혀 놓고 도로 나왔다. 그러고는 군중들을 향해 명령하
듯 말했다.

"누구든 이 사람과 같이 있어 주시오."

제일 가까이에 서 있던 남자 두 명이 서로를 마주 보더니 마
지못한 얼굴로 사무실로 들어갔다. 톰은 문을 닫은 다음 작업대
쪽으로 눈길을 돌리며 한 단으로 된 계단을 내려섰다. 그러고는
나에게 바싹 다가와 소곤거렸다.

"이제 그만 나가세."

그는 사람들의 시선을 의식하며 위세 있게 두 팔로 길을 텄다.
계속해서 모여들고 있는 군중들을 밀치고 가까스로 빠져나왔을

때, 왕진 가방을 든 의사가 급히 정비소로 뛰어 들어왔다. 톰은
차에 오르자마자 가속기를 힘차게 밟았다. 그의 쿠페는 밤을 헤
치고 쏜살같이 달렸다. 그런데 얼마 후 흐느끼는 소리가 들리는
가 싶더니, 뜻밖에도 그의 얼굴에서 눈물이 흘러내렸다.

"빌어먹을 자식 같으니라고! 자동차를 세우지도 않다니."

한참을 달리고 나자, 부캐넌 부부의 집이 검은 나무숲 사이로
나타났다. 톰은 현관 앞에서 차를 멈추고는 2층을 올려다보았
다. 담쟁이덩굴 사이로 두 개의 창이 환히 밝혀져 있었다.

"데이지가 집에 와 있군."

톰은 차에서 내리면서 나를 힐끗 쳐다보더니 얼굴을 약간 찡
그렸다.

"닉, 웨스트에그에서 자네를 내려 줄 걸 그랬네. 오늘 밤에는
아무것도 할 수 없을 것 같아서 말야."

그는 아까와는 다르게 사뭇 엄숙하고 단호한 어조로 말했다.
그러고는 달빛이 비치는 자갈길을 지나 현관으로 걸어가면서,
민첩하게 몇 마디로 일을 처리해 버렸다.

"전화로 집에 갈 택시를 불러 주겠네. 기다리는 동안 자네와
조던은 식당에 가서 저녁을 차려 달라고 하게. 저녁 생각이 있
으면 말이야."

"아냐, 사양하겠네. 하지만 택시는 불러 주면 고맙겠어. 난 그

냥 밖에서 기다리도록 하지."

조던이 내 팔에 손을 얹었다.

"닉, 정말 들어가지 않을 거예요?"

"오늘은 사양하겠어요."

나는 속이 약간 메스꺼웠기 때문에 혼자 있고 싶었다. 그러나 조던은 잠깐 머뭇거렸다.

"아직 9시 30분밖에 안 되었어요."

저 집 안으로 들어가느니, 차라리 지옥으로 가는 게 나을 듯싶었다. 하루 종일 진절머리 날 만큼 이 사람들을 보았지 않은가. 이제는 조던조차 지겹다는 생각이 들었다. 그녀는 내 얼굴에서 그런 마음을 눈치챘는지 갑자기 홱 돌아서더니 계단을 뛰어올라 집 안으로 사라져 버렸다.

그런데 잠시 후, 누군가가 내 이름을 부르는 소리가 들렸다. 주위를 두리번거리자, 관목 사이의 오솔길에서 개츠비가 모습을 드러냈다. 순간 으스스한 기분이 들었다.

"여기서 뭘 하고 있는 겁니까?"

"그냥 서 있었어요."

왠지 그의 그런 행동이 비열하게 느껴졌다. 그가 금방이라도 도둑질을 하러 집 안으로 들어갈지도 모른다는 생각이 들 정도였다. 그의 등 뒤에 있는 컴컴한 관목 사이에서 험상궂은 얼굴들, 즉 '울프심의 부하들'이 나타난다 해도 별로 놀라지 않을 성

싶었다. 잠시 뒤 그가 머뭇거리며 물었다.

"길에서 사고 난 것 보셨나요?"

"네, 봤습니다."

"그 여자는 죽었나요?"

"네, 죽었어요."

"그럴 줄 알았어요. 데이지에게도 그럴 거라고 말했지요. 충격은 한꺼번에 받는 편이 나으니까요. 그래도 그녀는 꽤 잘 견뎌 냈어요."

그는 데이지의 반응 외에는 아무것도 문제 될 것이 없다는 듯한 말투였다.

"뒷길로 해서 웨스트에그로 갔어요. 그러곤 제 차고에 차를 넣어 두었지요. 우리를 목격한 사람은 없는 것 같습니다. 물론 확신할 순 없지만요."

나는 그가 혐오스러운 나머지, 그의 생각이 틀렸다는 말조차 해 줄 필요를 느끼지 못했다. 개츠비가 다시 물었다.

"그 여자는 누굽니까?"

"머틀 윌슨이라는 여자인데, 남편이 그 정비소의 주인이에요. 도대체 어쩌다 그런 일이 일어났습니까?"

"저어, 내가 핸들을 돌리려고 했는데……."

그가 갑자기 하던 말을 뚝 끊었다. 나는 뭔가 집히는 것이 있었다.

"데이지가 운전을 했군요?"

"그래요. 하지만 내가 운전했다고 할 겁니다. 뉴욕을 출발할 때, 데이지의 신경이 아주 날카로워져 있었기에 운전이라도 하면 좀 가라앉을 줄 알았지요. 우리가 맞은편에서 오는 차를 지나치려는 순간, 그 여자가 마구잡이로 달려들었어요. 일순간에 일어난 일이었답니다. 그 여자는 우리에게 무언가 말을 하려 했던 것 같아요. 처음엔 데이지가 그 여자를 피하려고 핸들을 꺾었지만, 맞은편에서 차가 달려오자 겁을 먹고 다시 돌려 버렸지요. 내가 핸들을 잡는 순간, 그 여자가 차에 부딪히는 충격이 느껴졌습니다. 아마 즉사했을 거예요. 데이지는 사람을 치고도 그냥 차를 몰았어요. 차를 세우게 하려고 했지만 그럴 수가 없었지요. 별수 없이 내가 비상 브레이크를 밟자, 그녀는 내 무릎에 쓰러져 버렸고요. 그 뒤에는 내가 차를 몰았습니다."

그는 몸서리를 쳤다.

"내일이면 괜찮을 거예요. 난 지금 여기서 그자가 오늘 낮에 있었던 일을 가지고 데이지를 괴롭힐까 봐 걱정이 돼서…… 살펴보고 있는 겁니다. 그녀는 방에 들어가 문을 잠그고 있어요. 만일 그자가 폭행이라도 가하려 든다면 불을 껐다가 다시 켜기로 약속했거든요."

"톰이 손찌검을 하지는 않을 겁니다. 지금 그는 데이지 생각을 하고 있지 않아요."

"그를 믿을 수가 없어요."

"이곳에 얼마나 오래 있을 작정입니까?"

"필요하다면 밤새도록이라도 있을 겁니다. 하여간 모두 잠들 때까지는 있을 거예요."

그 순간, 새로운 생각이 내 머릿속에 떠올랐다. 데이지가 차를 몰았다는 사실을 톰이 알게 된다면 어떤 일이 벌어질까? 거기에 무슨 인과 관계가 있다고 생각할지도 몰랐다. 그가 무슨 생각을 할지는 알 수 없는 노릇이었다.

나는 집 쪽을 바라보았다. 2층에 두어 개의 창문이 환하게 밝혀져 있었고, 1층에 있는 데이지의 방에서는 분홍색 불빛이 흘러나오고 있었다.

"여기서 잠깐만 기다리십시오. 무슨 소동이 일어날 낌새가 있는지 보고 오겠습니다."

나는 잔디밭의 가장자리를 따라 돌아간 다음 자갈길을 가로질러 테라스의 계단을 살금살금 올라가 보았다. 거실의 커튼은 걷혀 있었고, 방 안은 텅 비어 있었다. 석 달 전, 그러니까 6월의 그날 밤 저녁 식사를 하던 테라스를 가로지른 다음, 나는 작은 불빛이 새어 나오는 식당 쪽으로 살그머니 다가갔다.

데이지와 톰은 싸늘하게 식은 프라이드 치킨 한 접시와 흑맥주 두 병을 사이에 두고 마주 앉아 있었다. 톰은 데이지에게 뭔가를 열심히 설명하고 있었는데, 이야기를 하는 동안 그녀의 손을 꼭 잡고 있었다. 그녀는 이따금씩 그를 올려다보며 알았다는 듯이 고개를 끄덕였다.

그들은 조금도 행복해 보이지 않았다. 두 사람 다 치킨이나 맥주에는 손도 대지 않았다. 그렇다고 불행해 보이는 것도 아니었다. 그 광경에는 분명 정체를 알 수 없는 친밀감 같은 것이 스며 있었다. 왠지 그들이 함께 무언가 음모를 꾸미고 있는 듯한 느낌이 들었다.

현관 쪽으로 다시 살금살금 걸어 나가고 있을 때, 내가 타고 갈 택시가 어두운 길을 따라 집 쪽으로 올라오는 소리가 들렸다. 개츠비는 조금 전의 그 자리에 그대로 있었다. 그가 걱정스런 목소리로 물었다.

"그래, 별일은 없어 보입니까?"

"네, 조용해요. 이제 그만 댁으로 돌아가 주무시는 게 어떨까요?"

나는 머뭇거리며 대답했다. 그러나 그는 머리를 내저었다.

"데이지가 잠들 때까지 여기에 있겠습니다. 먼저 가세요."

그는 외투 주머니에 두 손을 집어넣으며 다시 집 쪽으로 고개를 돌렸다. 나는 천천히 걸어 나왔다. 그가 달빛 아래서 아무것도 아닌 것을 심각한 얼굴로 계속 지켜보게끔 남겨 둔 채.

제 13 장

사랑의 슬픔

나는 잠을 제대로 잘 수가 없었다. 기괴한 현실과 무서운 꿈 사이를 오락가락하며 쉴 새 없이 뒤척였다. 그러다 새벽녘에 개츠비의 저택 쪽으로 택시가 들어가는 소리를 듣고 침대에서 뛰쳐나와 옷을 입었다. 그에게 할 말이 있었다. 조심하라고 경고해 주어야 하는데, 아침이 되면 너무 늦을지도 모른다는 생각이 들었다.

그 집 잔디밭을 가로질러 가자, 현관문이 열린 채로 있었다. 개츠비는 낙심한 것 같기도 하고 졸린 것 같기도 한 표정으로 거실의 탁자에 기대어 서 있었다. 그가 맥없이 말했다.

"줄곧 기다렸지만 아무 일도 없었습니다. 4시쯤 되었을 때, 그녀가 창가로 다가오더니 잠깐 서 있다가 불을 끄더군요."

우리는 거실 창문을 활짝 열어젖히고 앉아서 어둠 속으로 담배 연기를 내뿜었다. 잠시 후 내가 말했다.

"이곳을 잠시 떠나 있으십시오. 모르긴 몰라도 당신 자동차를 찾아낼 겁니다."

"지금 당장 떠나란 말씀입니까?"

"애틀랜틱시티에 가서 1주일쯤 보내거나, 아니면 몬트리올에 다녀오시든지요."

개츠비는 그럴 생각이 전혀 없어 보였다. 데이지가 어떻게 할 작정인지 알기 전에는 한 발자국도 떠날 수 없다는 것이었다. 그는 아직도 가늘디가는 한 가닥의 희망에 매달려 있었다. 나는 차마 그를 흔들어 그 희망에서 손을 놓게 할 수가 없었다.

그가 나에게 댄 코디와 함께 보낸 젊은 시절의 얘기를 들려준 것은 바로 그날이었다. 그가 그 이야기를 들려준 것은, '제이 개츠비'가 톰의 악랄한 의도 앞에 유리 조각처럼 산산조각 나 버렸기 때문이다. 이제 그는 무슨 이야기든 숨김없이 털어놓을 자세가 되어 있는 듯했다. 물론 자신의 이야기보다는 데이지에 관한 얘기를 더 하고 싶어 하는 듯했지만.

데이지는 그가 난생처음 알게 된 '우아한' 여자였다. 그는 숨겨진 다양한 능력을 발휘해 상류층 사람들과 만나긴 했지만, 그들과의 사이에는 늘 눈에 보이지 않는 가시철망이 놓여 있었다.

그는 그녀가 몹시 탐이 났다. 처음에는 캠프 테일러의 다른 장교들과 같이 데이지의 집에 놀러 갔지만 나중에는 일부러 혼자서 그녀를 찾아갔다. 그는 놀라움과 흥분으로 숨이 막힐 지경이었다. 그렇게 아름다운 집에 들어가 보기는 처음이었던 것이다.

그러나 그가 숨 막힐 정도로 흥분을 느낀 것은 무엇보다 그 집에 데이지가 살고 있다는 사실 때문이었다. 그녀에게 그 집은 훈련소의 텐트가 그에게 예사로운 것처럼, 그저 예사로운 존재에 불과했다. 그 집 주위에는 그 전까지 한 번도 맛보지 못한 농익은 신비스러움이 서려 있었다.

그 집 안에는 라벤더 속에 소중하게 보관해 놓은 곰팡내 나는 로맨스 말고, 금년에 출시된 최신형의 자동차가 풍기는 신선하고 생기 넘치는 로맨스가 있을 것만 같았다. 마치 시들지 않는 꽃들이 춤을 추듯이, 지금까지 많은 남자들이 이미 데이지를 사랑했다는 사실 또한 그의 가슴을 한없이 설레게 했다. 그럴수록 그의 눈에는 그녀가 더 가치롭게 느껴졌다.

그는 자신이 데이지의 집에 발을 들여놓게 된 것이 엄청난 우연임을 알고 있었다. 제이 개츠비로서의 장래가 아무리 찬란하다고 해도, 그때는 아무런 경력이 없는 무일푼의 청년에 불과했기 때문이다. 그래서 자기에게 주어진 시간을 최대한 이용하기로 마음먹었다. 그는 원하는 것이 있을 땐 그것이 무엇이든 악착스럽게 구했다.

마침내 고요한 10월의 어느 날 밤, 그는 데이지를 차지했다. 정식으로 하면 그에겐 그녀의 손을 만질 권리조차 없었기에 그런 식으로 할 수밖에 없었다. 그는 거짓 핑계로 그녀를 차지했기 때문에 스스로를 경멸했을 수도 있다.

있지도 않은 수백만 달러를 가졌다고 거짓말을 했다는 뜻이 아니라, 데이지에게 고의로 안정감을 불어넣어 주었던 것이다. 그는 자신이 그녀와 같은 사회 계층에 속하는 인물인 것처럼 믿도록 했다. 그래서 그녀를 보살펴 줄 능력이 충분히 있는 듯이 굴었다.

그러나 그는 스스로를 경멸하지 않았고, 상황도 그가 상상한 대로 돌아가지 않았다. 어쩌면 그는 필요한 것을 얻은 다음 떠나 버릴 작정이었는지도 모른다. 하지만 이제 그는 자신이 전력을 다해 성배(聖杯)를 좇았다는 사실을 알게 되었다. 그녀가 특별하다는 것은 알고 있었지만, '우아한' 여자가 도대체 얼만큼이나 특별할 수 있는지는 미처 깨닫지 못했다.

그녀는 부유하고 충만한 자신의 생활 속으로 다시 사라져 버렸다. 개츠비한테는 아무것도 남겨 두지 않은 채. 그는 그녀와 결혼이라도 한 듯한 느낌이었지만, 그저 그 느낌이 전부였다. 따라서 이틀 뒤 그들이 다시 만났을 때, 어쩐지 배반을 당한 것 같은 느낌을 받은 쪽은 데이지가 아니라 개츠비였다.

그녀의 집 현관은 돈을 주고 별빛을 사다 놓은 것처럼 화려한 사치품들로 눈이 부셨다. 데이지가 개츠비에게 몸을 돌려 키스를 하는 동안 고리버들로 만든 긴 의자가 멋지게 삐걱거렸다. 개츠비는 그녀가 하루하루를 힘겹게 살아가는 가난한 사람들과는 완전히 동떨어진 세계에서, 부(富)가 가져다 주는 젊음과 신비, 호화로움을 즐기며 화려하게 빛을 뿜어내고 있음을 뼈저리게 느꼈다.

"내가 그녀를 사랑하고 있다는 사실을 알았을 때 얼마나 놀랐는지 차마 말로 표현할 수가 없습니다. 한동안은 그녀가 나를 차 버렸으면, 하고 바라기까지 했으니까요. 하지만 그녀는 그러지 않았어요. 그녀도 나를 사랑하고 있었으니까요. 그녀는 자기가 모르는 것을 알고 있다는 이유로 내가 꽤나 똑똑한 줄 알았나 봅니다. 아무튼 나는 본래의 야망과는 멀어진 채 점점 더 깊이 사랑에 빠져들고 있었지요. 야망에 대해선 신경도 쓰지 않게 되었어요. 그녀에게 앞으로 할 일들을 들려주면서 훨씬 더 즐겁고 행복한 시간을 보내고 있는데, 야망을 향한 거창한 계획 따위가 무슨 소용이 있었겠습니까?"

외국으로 떠나기 전날, 그는 데이지를 껴안고 오래오래 가만히 앉아 있었다. 마치 다음 날로 기약된 긴 이별에, 그날의 추억을 깊이깊이 간직해 두려는 듯이 말이다. 그들이 서로를 사랑한 한 달 중, 그날 데이지의 다문 입술이 그의 어깨를 스칠 때나 그가 그녀의 손끝을 만지작거릴 때만큼 서로가 마음속 깊은 곳까지 통했던 적은 일찍이 없었다.

개츠비는 군대에서 꽤 성공한 편이었다. 전선에 배치되기 전에 이미 대위로 진급한 데다, 아르곤 전투 뒤에는 소령으로 진급하면서 사단 기관총 부대의 지휘관이 되었다. 휴전이 되자마자 서둘러 귀국하려 했지만, 사무적인 착오나 오해가 있었는지 옥스퍼드 대학교로 파견되고 말았다.

그는 슬슬 걱정이 되기 시작했다. 데이지의 편지에 신경질적인 절망 같은 것이 담겨 있었기 때문이다. 그가 어째서 귀국을 하지 않는지 그녀로서는 알 길이 없었으니까.

주위에서 압력을 받고 있던 데이지는 당장 그를 만나고 싶었고, 그가 옆에 있어 주기를 바랐으며, 자신이 옳은 일을 하고 있다는 확신을 얻고 싶어 했다. 그때 데이지는 쾌활하고 명랑한 성품도 성품인 데다, 오케스트라의 새로운 곡조에 따라 그해의 리듬을 결정할 만큼 나이가 어렸다.

그녀는 어둑한 시간에 차를 마실 때면 방마다 달콤한 열기로 고동을 치는 것 같았고, 슬픈 나팔 소리를 듣고 있노라면 방바닥에 흩어져 있는 장미 꽃잎처럼 여기저기서 새로운 얼굴들이 떠올랐다.

계절이 바뀌면서 데이지는 또다시 황혼의 세계를 돌아다니기 시작했다. 그녀는 하루에도 몇 번씩 남자들과 데이트를 했고, 새벽녘이 되어서야 침대 머리맡에 놓인 난초 사이에 이브닝드레스를 벗어던지고는 잠에 곯아떨어졌다.

그러는 동안에도 줄곧 그녀의 마음속에는 뭔가 결단을 내려야 한다는 절박감이 아우성치고 있었다. 그녀는 지금 당장 자신의 인생이 어떤 형태를 갖추기를 바랐다. 그리고 그 결단은 어떤 힘에 의해 이루어져야 했다. 바로 그러한 힘이 그때 그녀의 곁에 놓여 있었다.

그 힘이라는 것은 봄이 무르익을 무렵, 톰이 출현하면서 구체적인 모습을 드러냈다. 그의 풍채나 사회적 위치가 주는 무게감에 데이지는 우쭐해졌다. 데이지가 얼마간 갈등을 겪기는 했겠지만, 안도감 역시 동시에 느낀 것이 틀림없었다. 옥스퍼드 대학교에 있는 동안, 개츠비는 그런 사연이 담긴 편지를 받았다.

그는 톰과 데이지가 신혼여행을 떠나 있는 사이, 프랑스에서 돌아와 군대에서 받은 마지막 봉급으로 루이빌을 찾아갔다. 그는 1주일 동안 그곳에 머물면서 11월의 밤 둘이서 딸깍딸깍 구두 소리를 내며 거닐었던 거리를 서성였고, 그녀의 하얀 자동차로 드라이브를 했던 호젓한 장소들을 다시 돌아보았다.

그는 기차를 타고 그곳을 떠나면서, 좀 더 애를 쓴다면 그녀를 찾아낼 수도 있을 것 같은 느낌이 들었다. 어쩐지 그녀를 뒤에 두고 떠나는 듯 뒤꼭지가 당겼던 것이다.

일반 객차는—이제 그의 호주머니에는 단 한 푼도 남아 있지 않았다.—푹푹 쪘다. 마침내 기차가 봄의 들판에 나오자, 잠시 동안 노란 전차 한 대가 경주하듯 나란히 달려갔다. 전차에 탄 사람들은 거리를 지나다 우연히 데이지의 하얗고 매력적인 얼굴을 한 번쯤 보았을지도 모른다.

그는 마치 한 줌의 바람이라도 잡으려는 듯, 그녀가 있어서 아름다웠던 그곳의 한 조각이라도 간직하려는 듯 필사적으로 손을 뻗쳤다. 그러나 이제 눈물로 흐려진 그의 눈에는 도시가 너무나 빨리 지나가 버렸고, 그는 그 도시에서 가장 아름다운 것을 영원히 놓쳐 버렸다는 사실을 깨달았다.

제 14 장

엇나간 복수

우리가 아침 식사를 마치고 현관으로 나왔을 때는 어느새 9시였다. 밤사이에 날씨가 많이 바뀌어서 대기에는 가을 기운이 완연했다. 정원사가 계단 밑으로 다가왔다.

"주인어른, 오늘 수영장의 물을 뺄까 하는데요. 나뭇잎이 떨어지기 시작하면 배수관에 꼭 문제가 생기거든요."

"오늘은 하지 말게. 여름 내내 수영장을 한 번도 이용하지 못했거든."

나는 시계를 들여다보며 자리에서 일어섰다.

"기차 시간이 얼마 남지 않았군요."

나는 시내에 나가고 싶지 않았다. 개츠비를 혼자 남겨 두고 싶지 않았기 때문이다. 나는 그 기차를 놓치고 다음 기차도 놓친 후에야 마지못해 자리에서 일어섰다.

"12시쯤 전화를 드리겠습니다."

"그래 주시겠습니까?"

우리는 천천히 계단을 밟아 내려갔다.

"데이지도 전화를 하겠지요."

마치 내가 이 일의 공범자라도 되는 것처럼, 그는 걱정스런 얼굴로 나를 바라보았다.

"그럴 겁니다."

"그럼 안녕히 계세요."

악수를 나눈 뒤 나는 그 집을 나왔다. 울타리에 다다르기 직전에 괜히 한 번 뒤를 돌아다보았다.

"그 인간들은 썩어빠진 족속이오. 당신 한 사람이 그들을 모두 합쳐 놓은 것보다 더 훌륭합니다."

나는 지금까지도 그때 그 말을 하길 잘했다고 생각한다. 나는 처음부터 끝까지 그가 하는 행동에 찬성한 적이 없었기 때문에 그것이 그에게 한 유일한 칭찬이었다. 처음에 그는 점잖게 고개를 끄덕이더니, 나중에는 밝은 얼굴로 미소를 지어 보였다. 순간 석 달 전 그의 고색창연한 저택을 처음 방문했던 날이 떠올랐다. 잔디밭과 차도에는 그가 부정한 짓을 저질렀다고 넘겨짚는 사람들로 붐볐다. 그리고 그는 저 계단에 서서 자신의 타락하지

않은 꿈을 가슴속 깊이 감춘 채 그들에게 손을 흔들며 작별 인
사를 했다.

뉴욕으로 온 뒤, 나는 얼마 동안 끝도 없이 쌓인 주식 시세표
를 작성하려고 하다가 그만 회전의자에 앉은 채 잠이 들어 버리
고 말았다. 정오가 되기 직전, 전화벨 소리에 놀라 깨어났다. 조
던이었다. 그녀의 목소리는 그날따라 유난히 메마르게 들렸다.

"데이지의 집에서 나왔어요. 지금 햄스테드에 있는데, 오늘 오
후에 사우샘프턴으로 갈 생각이에요."

조던이 데이지의 집을 나온 것은 잘한 행동이라는 생각이 들
면서도 왠지 모르게 화가 치밀어 올랐다. 게다가 그다음 말을
듣자 아예 몸이 굳어 버렸다.

"어젯밤에 당신은 날 그다지 배려하지 않더군요."

"그런 상황에서 그게 그렇게 중요합니까?"

잠시 침묵이 흘렀다. 그녀가 다시 말했다.

"……당신을 만나고 싶어요."

"나도 만나고 싶습니다."

"사우샘프턴에 가지 말고 오후에 시내로 나오란 말인가요?"

"아니요, 아무래도 오늘 오후는 안 될 것 같아요."

우리는 이런 식으로 몇 마디를 나누었는데, 어느 순간 갑자기
전화가 끊기고 말았다. 둘 중 누가 먼저 수화기를 내려놓았는지

알 수 없지만 나는 별로 상관하지 않았다. 다시는 그녀와 만나지 못하게 되는 한이 있어도, 그날만은 그녀와 마주 앉아 태평스럽게 이야기를 나누고 있을 수가 없었다.

몇 분이 지난 뒤, 개츠비 저택에 전화를 걸었지만 통화 중이었다. 그 후 네 번이나 더 걸었지만 연결이 되지 않았다. 나는 기차 시각표를 꺼내어 3시 50분 기차에 동그라미를 쳤다.

그날 아침 재의 골짜기를 지날 때 나는 일부러 반대편 기찻간으로 건너갔다. 새로운 구경꾼들이 정비소 앞에 밀어닥치는 동안, 윌슨은 정비소 안의 긴 의자에 앉아 몸을 앞뒤로 흔들어 대고 있었다. 사무실 문이 활짝 열려 있었기 때문에 그 안이 훤히 들여다보였다.

3시쯤 되었을 때, 그전까지 앞뒤가 맞지 않던 윌슨의 중얼거림에 변화가 일어나기 시작했다. 우선 전보다 차분해졌으며, 노란색 자동차 이야기를 하기 시작했다. 그는 그 노란색 자동차가 누구 것인지 알아낼 방법이 있노라고 하더니, 두 달 전 아내가 시내에 갔다가 누구에게 맞았는지 코가 부어 있더라는 말을 불쑥 내뱉었다.

마이클리스는 어떻게든 윌슨을 진정시켜 보려고 애를 썼다.

"아저씨, 가끔씩이라도 나가는 교회가 있습니까? 제가 그 교회에 전화를 걸어 목사님을 오시게 할게요."

"아무 교회에도 안 나가."

"전에는 분명 교회에 다니셨을 텐데……. 교회에서 결혼식을 올리셨을 테니까요."

"그건 아주 오래전의 일이지."

윌슨은 갑자기 책상을 가리키며 말했다.

"거기 서랍 안을 좀 봐라. 그쪽 서랍 말이야, 그거……."

마이클리스는 자기 손에서 가장 가까운 쪽의 서랍을 열었다. 그 안에는 가죽과 은실로 꼰 값비싼 개줄이 놓여 있었다. 그는 그것을 들어올리며 물었다.

"이것 말입니까?"

윌슨은 고개를 끄덕였다.

"어제 오후에 그것을 발견했지. 머틀은 변명을 하려 들었지만, 난 그게 예사 물건이 아니라는 걸 알고 있었어. 머틀은 그걸 포장지에 싸서 옷 위에 올려 두었거든."

마이클리스는 그게 어째서 이상한지 도무지 이해가 되지 않았다. 그래서 윌슨에게 그의 아내가 개줄을 살 만한 이유를 몇 가지 설명해 주었지만 반응은 시큰둥하기만 했다. 윌슨은 이미 머틀에게서 그런 유의 설명을 들은 모양이었다. 그를 위로하려던 마이클리스는 그만 입을 다물고 말았다.

"그자가 죽인 거야. 다 알아내는 방법이 있다고."

"아저씨, 아저씨는 지금 제정신이 아니에요. 이번 일로 너무 놀라셔서 지금 무슨 말을 하고 있는지도 모르시는 거예요. 아저씨, 그건 사고였어요."

"난 다 알고 있어. 바로 그 차에 탄 녀석 때문에 벌어진 일이야. 머틀은 그놈에게 말을 걸려고 쫓아 나갔는데, 그놈은 차를 멈추지 않았던 거지."

마이클리스도 그런 모습을 보기는 했지만, 거기에 무슨 특별한 의미가 있으리라고는 생각하지 못했다. 그는 머틀이 딱히 어떤 차를 세우려 했다기보다는 남편에게서 도망치려던 것뿐이라고 생각했던 것이다.

"부인이 왜 그랬을까요?"

"교활한 여자니까. 내가 머틀에게 말했지. 나를 속일 수 있을지는 몰라도 하느님은 속이지 못한다고."

마이클리스는 윌슨의 뒤쪽에 서 있다가 그가 에클버그의 두 눈을 빤히 쳐다보고 있는 것을 보고 충격을 받았다. 그때 윌슨이 말했다.

"하느님은 못 보는 것이 없으시지."

"저건 광고예요."

마이클리스는 어떻게든 납득을 시키려고 했다. 그러나 윌슨은 창틀에 얼굴을 바싹 들이대고는 여명을 향해 고개를 끄덕이며 오랫동안 그 자리에 그렇게 서 있을 뿐이었다.

6시쯤 되자, 이제 마이클리스는 지칠 대로 지쳤다. 아침 식사를 준비했지만 윌슨은 입에 대지도 않았다. 대신 아까보다 더 조용해졌다. 얼마 후 마이클리스는 집으로 돌아가서 잠을 잤다. 4시간 뒤에 깨어나서 다시 정비소로 갔을 때, 윌슨은 어디론가 사라지고 없었다.

그의 행적은 나중에 추적되었다. 그는 거의 3시간가량 미친 사람처럼 이 거리 저 거리를 쏘다녔다. 그러다 2시 30분쯤, 웨스트에그에 도착해서 누군가에게 개츠비의 집으로 가는 길을 물었다. 그때는 이미 윌슨이 개츠비의 이름을 알고 있었던 것이다.

2시 무렵, 개츠비는 수영복으로 갈아입고는 누구에게든 전화가 걸려 오면 수영장으로 알려 달라고 집사에게 일러두었다. 그는 에어 매트에 바람을 넣은 다음, 그것을 둘러메고 수영장으로 갔다. 전화는 한 통도 오지 않았지만, 집사는 낮잠까지 거르면서 4시까지 기다렸다.

비록 전화가 걸려 왔다 할지라도 받을 사람은 없어진 지 한참 지난 뒤였다. 개츠비 자신도 전화가 걸려 오리라고는 믿지 않을 것이고, 이미 그런 것에 신경을 쓸 수 없게 되었을지도 모른다. 만일 그게 사실이라면 그는 그 옛날의 따뜻한 세계를 상실했다고, 단 하나의 꿈을 오랫동안 가슴속에 품고 살아온 것에 대해 너무 비싼 대가를 치렀다고 느끼지 않았을까.

그는 장미꽃이 얼마나 기괴한 것인지, 또 가꾸지 않은 잡초 위에 쏟아지는 햇빛이 얼마나 따가운 것인지 알았을 때, 나뭇잎

사이로 간담을 서늘하게 하는 낯선 하늘을 올려다보며 몸서리를 쳤을지도 모른다. 현실감이라고는 전혀 없는, 가엾은 허깨비들이 공기처럼 꿈을 마시며 이리저리 방황하는 새로운 세계를 바라보며 나무 사이로 그를 향해 은밀히 다가오던 그 잿빛 환영의 인물처럼.

운전 기사가 총소리를 들었다. 나중에 그는 그 총소리를 별로 심각하게 생각하지 않았다고 말했다. 나는 기차역에서 개츠비의 집으로 곧장 차를 몰았다. 내가 걱정스러운 마음에 서둘러 계단을 올라간 다음에야 그 집 사람들은 놀란 표정을 지었다. 그러나 그때 이미 그들은 그 사실을 알고 있었던 게 틀림없다. 운전 기사, 집사, 정원사, 그리고 나, 이렇게 네 사람은 말 한 마디 하지 않고 곧장 수영장으로 내려갔던 것이다.

수영장 한쪽 끝에서 맑은 물이 흘러나와 다른 쪽 배수구로 밀려가기 때문에 물이 보일 듯 말 듯 움직이고 있었다. 물결이라고까지 할 수 없는 잔잔한 물살 때문에 개츠비를 태운 매트가 불규칙하게 수영장 아래로 움직이고 있었다. 매트는 수면 위에 떠 있는 나뭇잎 더미에 닿자 천천히 돌면서 마치 컴퍼스의 다리처럼 물 위에 붉은 동그라미를 남겨 놓았다.

우리가 개츠비의 시체를 들고 집으로 출발한 뒤에야 정원사가 조금 떨어진 잔디밭에서 윌슨의 시체를 발견했다. 그리하여 그 어처구니없는 학살은 막을 내렸다.

제 15 장

외로운 장례식

그로부터 2년이 지난 지금도 나는 그때를 떠올리면 경찰과 신문 기자들이 개츠비의 집을 끝없이 들락날락했다는 것밖에 기억나지 않는다. 정문을 가로질러 밧줄을 둘러치고 경찰관이 그 옆에 서서 구경꾼들을 가로막았다. 그날 오후 형사인 듯한 사람이 자신만만한 태도로 윌슨의 시체를 들여다보며 '미친놈'이라 중얼거렸는데, 그의 목소리에 우연히 권위가 실리면서 그 말이 다음 날 신문 기사의 머리말이 되었다.

기사들은 대부분 악몽과 같은 것이었다. 정황에 따라 열을 올리며 써 내려간 기사는 기괴하기만 할 뿐 진실과는 거리가 멀었다. 마이클리스의 증언으로 윌슨이 자기 아내를 의심하고 있었다는 것이 밝혀졌을 때, 곧 사건 전체가 선정적인 풍자 거리로 쓰이겠구나, 하는 생각이 들었다. 그러나 뭔가 할 말이 있을 법한 캐서린은 단 한 마디도 하지 않았다. 오히려 그녀는 이 사건과 관련해 놀라운 태도를 보여 주었다. 자신의 언니는 개츠비를 한 번도 본 적이 없고, 남편과 더할 나위 없이 행복하게 살았다고 증언한 것이었다. 그래서 윌슨은 '비탄에 빠진 나머지 정신 착란을 일으킨' 사람으로 축소된 채 사건은 가장 단순한 형태로 마무리되었다.

그러나 그런 것들은 하나도 중요하지 않았다. 나는 개츠비의 편을 드는 사람이 나밖에 없다는 사실을 깨달았다. 처음에는 너무 놀라 어쩔 줄을 몰랐다. 개츠비를 발견하고 나서 30분쯤 지난 뒤, 나는 아무런 망설임 없이 데이지에게 전화를 걸었다. 그러나 그녀와 톰은 그날 오후 짐을 꾸려 멀리 떠났다는 말만 전해 들었을 뿐이었다.

나는 개츠비를 위해 누군가를 데려오고 싶었다. 그가 누워 있는 방으로 가서 이렇게 위로하고 싶었다.

"당신을 위해 누구든지 데려오겠소, 개츠비. 그러니 걱정 말아요. 나를 믿어요. 내, 누구든지 데리고 올 테니……."

울프심의 이름은 전화번호부에 나와 있지 않았다. 집사에게서 브로드웨이에 있는 그의 사무실 주소를 알아낸 다음 안내 데스크로 전화를 걸었지만, 퇴근 시간이 지난 터라 아무도 받지 않았다.

나는 힘없이 응접실로 돌아왔다. 순간 방을 가득 채운 사람들은 공무 때문에 왔다가 그냥 가 버릴 자들이라는 데 생각이 미쳤다. 그들이 시트를 들추고 무감각한 눈길로 개츠비의 주검을 바라보는 동안에도 그의 항의는 여전히 머릿속에 맴돌았다.

"이봐요, 나를 위해 누군가를 데려다 주시오. 이렇게 혼자 있을 순 없어요."

누군가가 나에게 질문을 하기 시작했지만, 나는 뿌리치고 위층으로 올라가 잠겨 있지 않은 책상 서랍들을 급히 뒤졌다. 그는 나한테 자기 부모가 죽었다고 말한 적이 없었던 것이다. 그러나 거기엔 아무것도 없었다. 다만 댄 코디의 사진만이 벽에서 멍하니 내려다보고 있을 뿐이었다.

이튿날 아침 나는 울프심에게 편지를 쓴 다음 집사를 뉴욕으로 보냈다. 개츠비의 신상에 대한 정보를 알려 달라는 것과 다음 기차로 개츠비의 집에 와 달라는 내용이었다. 그 편지를 쓰면서 쓸데없는 짓을 한다는 생각이 들었다. 정오가 지나기 전에 데이지한테 전화가 걸려 올 것이라고 확신했던 것처럼. 울프심이 신문을 보는 즉시 이곳으로 출발했을 거라고 확신했지만 전화도 걸려오지 않았고 그도 오지 않았다. 다만 그에게서 장례식에 참석할 수 없다는 편지 한 통이 배달되었을 뿐이다.

미네소타 주에 있는 한 읍에서 '헨리 C. 개츠'라고 서명한 전보 한 장이 도착한 것은 사흘째 되는 날이었다. 전보의 내용은, 발신인이 즉각 출발할 테니 자기가 도착할 때까지 장례식을 연기해 달라는 것이었다.

개츠비의 아버지는 엄한 인상을 풍기는 노인네였는데, 아주 무력해 보이는 데다 낙담한 기색이 역력했다. 비교적 기온이 따뜻한 9월이었는데도 싸구려 외투로 온몸을 감싸고 있었다. 그의 눈에서는 격한 감정으로 끊임없이 눈물이 흘러나왔다. 그가 말했다.

"시카고 신문에서 보았소. 시카고에서 발행하는 신문에는 다 났더라고요. 신문을 보자마자 출발했어요."

"어떻게 연락을 드려야 할지 알 수가 없었습니다."

"그놈은 미치광이야. 틀림없이 미쳤소. 그런데 지미는 어디다 뒀나요?"

나는 그를 아들이 누워 있는 거실로 안내한 뒤, 그만 남겨 두고 밖으로 나왔다. 얼마 뒤 개츠 씨가 문을 열고 나왔는데 얼굴은 약간 상기되어 있었다. 그는 한참 동안 방 안을 두리번거렸다. 높고 화려한 천장과 여러 방들로 연결돼 있는 커다란 거실을 보자, 그의 슬픔에 엄청난 자부심이 뒤섞이기 시작했다. 나는 그를 부축해서 위층 침실로 올라갔다.

"시신을 서부로 옮기실 생각입니까?"

그는 머리를 좌우로 흔들었다.

"지미는 이곳 동부를 좋아했소. 그 애는 동부에서 자리를 굳혔거든. 당신은 우리 아이의 친구였소?"

"예, 친한 친구였지요."

"알고 있겠지만 내 아들은 앞길이 창창한 아이였소. 머리가 상당히 좋았지."

나는 고개를 끄덕였다.

"만약 그 애가 살아 있었으면 아마 큰 인물이 되었을 거요. 제임스 J. 힐(미국의 철도 재벌로, 피츠제럴드의 고향인 미네소타 주 세인트폴 출신이다.—옮긴이) 같은 인물 말이오."

"아마 그랬을 겁니다."

나는 마지못해 맞장구를 쳤다. 그는 더듬거리며 침대에서 침대보를 벗겨 내려고 더듬거리다가 이내 꼿꼿한 자세로 드러누웠다.

장례식 날 아침, 나는 울프심을 만나기 위해 뉴욕으로 갔다. 그러지 않고는 그를 만날 도리가 없을 것 같았기 때문이다. 안내원이 가르쳐 주는 대로 밀고 들어간 문에는 '스와스티카 지주 회사'라는 간판이 붙어 있었다. 하지만 그 안에는 아무도 없는 것 같았다. 내가 몇 번인가 소리쳐 부르자, 칸막이 뒤에서 유대인 여자가 모습을 드러내더니 적의에 찬 눈길로 나를 꼼꼼히 뜯어보았다.

“아무도 없어요. 울프심 씨는 지금 시카고에 계세요.”

그때 울프심의 것이 분명한 목소리가 문 저쪽에서 “스텔라!” 하고 불렀다.

“그분이 돌아오시면 전해 드릴 테니 성함을 남겨 주세요.”

나는 짐짓 개츠비의 이름을 댔다. 그녀는 “어머나!” 하고 깜짝 놀라더니 다시 한 번 나를 훑어보았다. 그러고는 금세 안으로 사라졌다. 잠시 후 울프심이 근엄한 표정으로 문간에 나타나 두 손을 내밀었다. 그는 점잖을 빼면서 지금은 우리 모두가 슬픈 때, 라고 하고는 나를 자신의 방으로 데려갔다.

“그를 처음 만났을 때가 생각납니다. 군대에서 막 제대한 젊은 소령이었는데, 온몸에 전쟁 때 받은 훈장을 달고 있었지요. 하지만 형편이 말이 아니어서 줄곧 군복만 입고 다녔소. 내가 그를 처음 본 건 와인브레너 당구장에 와서 일자리가 없느냐고 물었을 때요. 꼬박 이틀을 굶었다기에 식사나 하자 그랬더니, 30분 만에 4달러어치를 먹어 치우더군.”

“선생께서 그에게 사업 자리를 주셨습니까?”

“그랬지. 내가 키웠소. 정말이지 시궁창에서 그를 건져낸 겁니다. 그가 나더러 오그스퍼드 출신이라고 했을 때, 그를 잘 써먹을 수 있겠구나, 하는 생각이 들었지요. 나는 그를 미국 재향 군인회에 들어가게 했고, 그 친구는 거기서 높은 자리에 앉게 되었소. 그리고 우린 모든 일을 함께 했다오.”

"이제 그는 죽었습니다. 선생께서는 그의 가장 절친한 친구였으니, 오늘 오후에 있는 장례식에 꼭 오실 줄로 믿겠습니다."

그의 콧수염이 약간 떨리더니 이내 머리를 좌우로 흔들었다. 그의 눈에 설핏 눈물이 고였다.

"나도 가고 싶어요. 하지만 그럴 수가 없군요. 그 사건에 말려들고 싶지 않거든요."

나는 그가 어떤 이유에서든 장례식장에 오지 않기로 결심한 것을 알아차리고는 곧 자리에서 일어섰다. 그가 갑자기 물었다.

"당신은 대학을 나왔소?"

순간 나는 그렇다고 대답하면서 그가 '사업 거래선' 이야기를 꺼내려고 하는 게 아닌가 생각했지만, 그는 연방 고개를 끄덕이며 악수를 청하는 데 그쳤다.

"죽은 뒤가 아니고 살아 있을 때 우정을 보여 줍시다. 친구가 죽은 뒤의 내 규칙은 모든 걸 그냥 내버려 두는 것이오."

그의 사무실에서 나왔을 때 하늘은 이미 어두워져 있었다. 나는 가랑비를 맞으며 웨스트에그로 돌아왔다.

옷을 갈아입은 뒤 이웃집으로 갔더니, 개츠 씨가 흥분해서 거실 안을 왔다 갔다 하고 있었다. 자기 아들과 그 재산에 대한 자부심이 날로 커져 가고 있던 그는, 나에게 무언가 보여 주고 싶은 게 있었던 모양이었다. 그는 나를 보자마자 떨리는 손으로 지갑을 꺼냈다.

"지미가 이 사진을 나한테 보냈소."

그는 이 말을 하고 나서 내 눈에서 감탄의 빛을 찾으려고 했다. 개츠비의 저택을 찍은 사진이었는데, 사진의 가장자리가 꺾이고 금이 간 데다 여러 사람이 만졌는지 손때가 잔뜩 묻어 있었다. 그는 사진의 구석구석을 가리키며 열심히 설명했다.

"참 근사한 사진이야. 아주 잘 나왔단 말씀이야."

"정말 잘 나왔네요. 최근에 그를 보신 적이 있습니까?"

"두 해 전에 찾아와서 내가 지금 살고 있는 집을 사 주었어. 물론 그놈이 집을 나갔을 땐 우리 집 꼴이 말이 아니었지. 집을 나간 데에는 그럴 만한 까닭이 있었다는 걸 이제 알겠어. 하지만 그 애가 출세하고 난 뒤에는 나한테 아주 잘해 주었다네."

그는 그 사진을 집어넣고 싶지 않았는지 잠시 동안 그대로 들고 있었다. 그러다 지갑에 사진을 다시 넣고는, 주머니에서 겉장에 '호펄롱 캐시디'(클래런스 멀포드가 창조한 캐릭터로, 카우보이를 가리킨다. 이 인물을 주인공으로 한 소설《호펄롱 캐시디》는 1910년에 시카고에서 처음 출판되었다. 이 책에 적힌 1906이라는 연도는 착오인 듯하다.—옮긴이)라고 씌어진 닳아빠진 책 한 권을 꺼냈다.

"이건 그 애가 어렸을 때 즐겨 보던 책이야. 넘겨 보면 뭔가 짐작 가는 게 있을 걸세."

그는 내가 볼 수 있도록 책을 뒤표지 쪽으로 뒤집었다. 표지를 넘기자 아무것도 인쇄돼 있지 않은 면지에 '계획표—1906년

9월 12일'이라는 글이 적혀 있었다. 그리고 그 밑에는 다음과 같이 씌어 있었다.

오늘의 계획

기상	오전 6:00
아령과 벽 타기	오전 6:15~6:30
전기학 및 기타 공부	오전 7:15~8:15
일	오전 8:30~4:30
야구와 스포츠	오후 4:30~5:00
연설 연습, 자세 연습	오후 5:00~6:00
발명에 관한 공부	오후 7:00~9:00

오늘의 결심

1. 섀프터스나 또는 ××× (이름을 읽을 수 없다.)에서 시간을 낭비하지 말 것
2. 궐련과 담배를 삼갈 것
3. 이틀에 한 번씩 목욕할 것
4. 매주 유익한 책이나 잡지를 한 권씩 읽을 것
5. 매주 5달러씩(줄을 그었다.) 3달러씩 저축할 것

6. 부모님 말씀을 잘 들을 것

"나는 이 책을 우연히 발견했네. 이 정도라면 지미가 어떤 녀석인지 짐작할 수 있을 테지?"

노인이 말했다.

"네, 짐작됩니다."

"지미는 꼭 출세할 애였어. 그 애는 언제나 이런 결심들을 하고 있었거든. 그 애가 얼마나 노력하며 살았는지 아나? 무엇을 하든 열심이었지."

노인은 개츠비를 떠올리는 듯 먼 곳을 바라보았다.

3시가 조금 못 되었을 때, 플러싱에서 루터 교 목사가 도착했다. 나는 무심결에 다른 차들이 왔는지 창밖을 내다보았다. 개츠비의 아버지 역시 창밖을 바라보았다. 시간이 흘러 하인들이 들어와서 거실 앞에 기다리자, 노인의 눈은 불안하게 깜박거리더니 힘없는 목소리로 비를 탓했다. 목사는 몇 번이고 시계를 들여다보았다. 나는 그를 한쪽으로 데리고 가서 30분만 더 기다려 달라고 부탁했다. 그러나 소용없는 짓이었다. 30분이 지난 뒤에도 개미 한 마리 나타나지 않았던 것이다.

5시쯤 자동차 세 대의 장례 행렬이 비를 맞으며 묘지에 도착했다. 맨 앞에는 섬뜩할 만큼 새까만 빛깔의 영구차가, 그다음에는 개츠 씨와 목사, 그리고 내가 탄 리무진이, 그 뒤에는 네댓 명의 하인들과 웨스트에그에서 온 우체부 한 명이 개츠비의 스테이션왜건을 타고 흠뻑 젖은 채 도착했다.

나는 개츠비에 관해서 잠깐 생각해 보려고 했지만 그가 너무나 먼 곳에 있다는 생각이 들었다. 이제 다만 데이지가 조문 전보나 조화조차 보내오지 않았다는 사실을 아무런 분노 없이 떠올릴 수 있게 되었을 뿐이다.

푸른 연기 같은 연약한 나뭇잎들이 공중에 나부끼고, 바람이 불어와 빨랫줄에 널려 있던 젖은 옷이 뻣뻣해질 무렵, 나는 고향으로 돌아가기로 결정했다.

동부를 떠나기 전에 해야 할 일이 하나 있었는데, 어쩌면 내버려 두는 게 더 좋을지도 모르는, 아주 언짢은 일이었다. 그러나 나는 정리를 하기로 결심했다. 저 무심한 파도가 나의 찌꺼기를 쓸어 가 버리도록 맡겨 두기가 싫었다.

나는 조던을 만나서 우리 모두에게 일어났던 일과 그 뒤에 나에게 일어났던 일에 대해 이야기했다. 그녀는 의자에 누운 채 내 말에 귀를 기울였다. 그녀는 골프복을 입고 있었는데, 살짝 턱을 들어올린 자세와 낙엽 빛깔의 머리카락, 그리고 갈색으로 그을린 피부가 한 폭의 그림 같다고 생각했던 기억이 났다. 내가 이야기를 모두 마쳤을 때, 그녀는 아무 설명도 없이 다른 남자와 약혼했다고 말했다.

"당신이 나를 걷어차 버렸어요. 전화로 걷어찼단 말이에요. 지금은 당신한테 조금도 관심이 없지만, 그때는 처음 당하는 일이라 꽤 당황했지요."

우리는 악수를 했다. 그녀가 덧붙였다.

"아, 그리고 기억하세요? 자동차 운전에 관해서 우리가 주고받은 대화 말이에요."

"기억합니다, 정확하지는 않지만."

"그때 당신이 부주의한 운전자는 또 다른 부주의한 운전자를 만나기 전까지만 안전하다고 그랬지요? 그래요, 나는 그런 부주의한 운전자를 만났어요. 안 그런가요? 그런 헛된 추측을 하다니, 나도 참 성급했지요. 난 당신이 정직하고 솔직한 사람이라고 생각했어요. 그게 당신의 남다른 긍지라고요."

"난 서른 살이오. 다른 사람을 속이고 또 그것을 자랑으로 여기기에는 나이가 너무 많은 것 같지 않소?"

그녀는 아무런 대꾸도 하지 않았다. 화가 나기도 하고 그녀에게 얼마간 미련이 남기도 했다. 결국 나는 괜한 짓을 했다고 후회하며 힘없이 발길을 돌렸다.

10월이 끝나 가던 어느 날, 나는 우연히 톰을 만났다. 그는 민첩한 걸음걸이로 5번가를 따라 내 앞에서 걸어가고 있었다. 마치 뭔가 거치적거리는 게 있으면 때려눕히기라도 하려는 듯 두 손을 부지런히 활개 치면서.

그와 거리를 두려고 짐짓 걸음을 늦추고 있을 때, 갑자기 톰이 걸음을 멈추더니 눈을 찡그리며 보석 가게의 진열장을 들여다보기 시작했다. 그러다가 나를 발견하자 잽싸게 되돌아와 손을 내밀었다. 하지만 나는 그의 손을 외면했다.

"닉, 왜 그러는 거야? 나와 악수하는 게 싫은 건가?"

"물론이지. 내가 자네를 어떻게 생각하고 있는지 알 것 아닌가?"

"닉, 자네 미쳤군. 미쳐도 이만저만 미친 게 아니야. 자네가 왜 그러는지 난 도통 모르겠어."

"톰, 그날 오후에 윌슨에게 뭐라고 했나?"

나는 따지듯 물었다. 그는 아무 말 없이 나를 응시했다. 나는 내 추측이 옳았다는 것을 깨달았다. 내가 돌아서서 걷기 시작하자, 그는 나를 따라오면서 내 팔을 움켜잡고 말했다.

"사실대로 얘기했어. 우리가 외출하려고 하는데 그가 대문 앞에 나타났어. 난 사람을 시켜서 없다고 하려 했지만 그는 강제로 위층으로 올라오려고 했지. 내가 그 자동차의 임자가 누군지 말하지 않으면 나를 죽이고도 남을 기세였다고. 집 안에 있는 동안 윌슨의 손은 줄곧 주머니 속의 권총에 가 있었단 말이야……."

그는 덤벼들 듯 말을 이었다.

"내가 말해 준 게 어쨌다는 건가? 개츠비 녀석은 그래도 싸. 데이지를 속인 것처럼 자네도 속인 거야. 하지만 배짱 두둑한 친구라는 건 인정하지. 개를 치듯 머틀을 치고도 차를 멈추지 않았으니 말이야."

그것이 진실이 아니라는, 도저히 말할 수 없는 그 사실 하나를 제외하고는 내가 그에게 해 줄 수 있는 말은 더 이상 아무것도 없었다.

"내가 괴로워하지도 않았다고 생각한다면……. 이보게, 그 아파트를 팔러 갔다가 그 빌어먹을 개 비스킷 깡통이 찬장에 놓여 있는 걸 보고는 어린애처럼 주저앉아서 얼마나 울었는지 모른다네. 맙소사, 정말 끔찍했어……."

나는 그를 용서할 수도 좋아할 수도 없었다. 그는 자기가 한 일이 모두 정당하다고 생각하고 있었다. 모든 것이 뒤죽박죽이었다. 톰과 데이지, 그들은 경솔한 인간들이었다. 물건이든 사람이든 부숴 버리고는 한 발짝 뒤로 물러나, 자기들이 만들어 낸 쓰레기를 다른 사람이 치우게 만드는 더러운 족속이었다.

나는 결국 그와 악수를 했다. 악수하려고 하지 않는 것이 오히려 어리석은 일처럼 보여서였다. 마치 어린아이와 이야기하고 있는 것처럼 느껴졌기 때문이다. 그러고 나서 그는 진주 목걸이인지, 커프스 단추인지를 사기 위해 보석 가게로 들어갔다.

내가 떠날 때 개츠비의 집은 여전히 비어 있었다. 잔디밭의 풀은 자랄 대로 자라 있었다. 나는 토요일 밤을 뉴욕에서 보냈다. 개츠비가 열었던 그 눈부시고 황홀한 파티가 나에게는 너무나 생생했기 때문이다. 흥겨운 음악 소리와 끊이지 않는 웃음소리, 그의 차도를 오르내리는 자동차 소리가 그의 정원에서 여전히 들리는 듯했다.

마지막 날 밤 트렁크에 짐을 꾸리고 자동차를 식료품 가게에 팔고 난 다음, 그 집 쪽으로 가서 엄청난 몰락을 바라보았다. 어떤 아이가 하얀 돌계단에 벽돌 조각으로 갈겨 쓴 음탕한 욕설이 달빛에 뚜렷이 드러나 보였다. 나는 그것을 구둣발로 문질러 지워 버렸다. 그런 뒤 해변으로 어슬렁어슬렁 걸어 내려가 모래밭 위에 드러누웠다.

해변의 큰 집들은 대부분 문이 닫혀 있었고, 해협을 가로질러 가는 나룻배 한 척에서 희미한 불빛이 움직이고 있을 뿐이었다. 달이 점점 높이 떠오르면서 쓸모 없는 집들이 녹아 없어지자, 마침내 나는 그 옛날 네덜란드 선원들의 눈에 한 송이 꽃처럼 찬란하게 비쳤을 이 옛 섬이 어떤 곳이었는지 새삼 깨닫게 되었다. 이 섬이야말로 신세계의 싱그러운 초록빛 가슴이었던 것이다.

나는 그 오랜 미지의 세계를 곰곰이 생각하면서 개츠비가 데이지네 집 근처의 초록색 불빛을 처음 찾아냈을 때 느꼈을 경이감을 떠올려 보았다.

그는 이 푸른 잔디밭을 향해 머나먼 길을 달려왔고, 그의 꿈이 너무 가까이 있어 금방이라도 붙잡을 수 있을 것 같았으리라. 그 꿈이 어두운 벌판에 두루마리처럼 펼쳐져 있는 도시 저쪽의 광막하고 어두운 곳에 있다는 사실을 미처 깨닫지 못했던 것이다.

개츠비는 그 초록색 불빛을, 해마다 우리 눈앞에서 조금씩 뒤쪽으로 물러가고 있는, 극도의 희열을 간직한 미래라고 믿었다. 그것은 우리를 피해 갔지만 문제 될 것은 없다. 내일 우리는 좀 더 빨리 달릴 것이고 좀 더 멀리 팔을 뻗칠 것이다. 그리하여 우리는 흐름을 거스르는 배처럼 끊임없이 과거로 떠밀려 가면서도 앞으로 앞으로 계속 전진하리라.

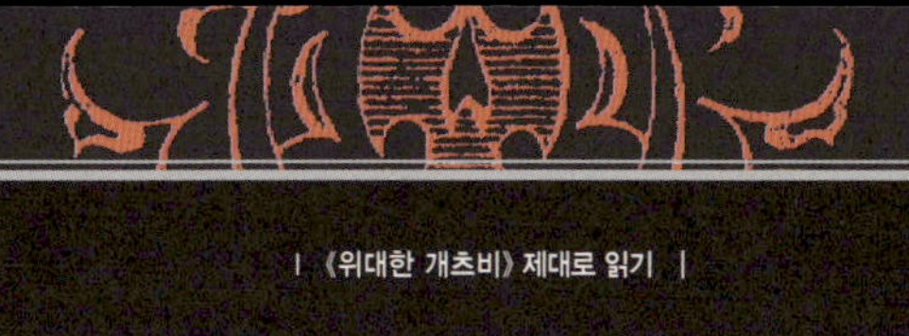

시간을 되돌리고 싶었던 사나이, 사랑의 함정에 빠지다

문재용 _ 서울 오산고등학교 국어 교사

돈이냐, 사랑이냐?

혹시 《장한몽(長恨夢)》이라는 소설을 들어 보았는지? 조금 낯설다면 '이수일과 심순애'라는 이름은 어떤가? 일본 작가 오자키 코요의 《곤지키야샤(金色夜叉)》를 번안한 이 소설은, 1913년 총독부에서 발행하는 〈매일신보〉에 연재한 뒤 단행본으로 출간돼 그야말로 선풍적인 인기를 끌었다.

《장한몽》의 표지. 1913년 5월 13일에서 10월 1일까지 〈매일신보〉에 연재되었다.

일본 아타미 시의 해변에는 《곤지키야샤》의 명장면을 담은 '간이치와 오미야'의 동상이 서 있다.

동요 〈한국을 빛낸 100명의 위인들〉이란 노래에 삽입돼 있는 '이수일과 심순애'가 바로 이 번안 소설의 주인공들이다. 그리고 몇 해 전, 한 음료 CF에서 전지현이 "여자에게는 김중배의 다이아몬드 반지도 사랑이야!"라고 외쳤던 광고 문안 속의 김중배 역시 이 소설의 주인공 중 한 명이다.

돈 때문에 울고 돈 때문에 웃으며, 돈과 사랑 앞에서 갈등하고 번민하는 인물들. 지고지순한 사랑을 대변하는 이수일과 다이아몬드로 상징되는 김중배 사이에서 심순애는 끊임없이 갈등한다. 돈을 택하면 현실적이긴 하지만 야비한 물질주의자가 되고 만다. 그렇다고 사랑을 택하면 이상과 순정을 지킬 수는 있지만 공허한 정신주의자가 되어 버린다.

이럴 수도 없고 저럴 수도 없는 진퇴양난 속에서 그녀는 번민에 번민을 거듭한다. 하지만 결과는 일찌감치 판가름 나 있다고 해도 과언이 아니다. 우리는 누구도 돈 앞에서 초연해질 수 없기

식민지 현실을 왜곡한 번안 소설 《장한몽》

《장한몽》은 '금빛 두억시니'라는 뜻을 지닌 오자키 코요의 《곤지키야샤》를 조중환이 번안한 소설이다. 이 작품은 몰락한 사무라이 태생으로 입신 출세를 꿈꾸는 간이치와 은행가의 아들 다다쓰구, 간이치를 키워 준 은인의 딸 오미야를 각각 이수일과 김중배, 심순애로 바꾸고, 공간적 배경을 도쿄에서 평양으로 옮겨 놓는다. 불행한 결말을 맺는 원작과 달리, 《장한몽》에서는 이수일과 심순애가 재결합함으로써 조금은 역겨운 결말을 맺는다.

삼각관계와 돈으로 얽히고설킨 《장한몽》은 이후 식민지 시대를 넘어 지금까지 우리의 감성을 사로잡는 소재가 되고 있다. 여기서 기억해야 할 점은 《곤지키야샤》가 일본의 근대화 과정에서 자유 민권 운동이 실패로 돌아가고, 러일 전쟁을 향해 치닫던 군국주의 시대에 선풍적 인기를 모았던 작품이라는 사실이다.

실제로 《장한몽》은 총독부의 기관지인 〈매일신보〉에 연재되는 동안 눈앞의 식민지 현실을 은폐하고 조선인의 의식을 잠재우는 데 크나큰 기여를 한다. 이를테면 중요한 시험을 앞둔 학생들이 억누를 수 없는 불안과 답답함을 해소하기 위해 게임에 매달리듯, 감당할 수 없을 만큼 절망적인 시대에 살고 있는 민중들의 눈을 가릴 달콤한 위안의 문학이 필요했던 것이다.

그러나 그릇된 질문은 그릇된 세계관을 만들 뿐이다. '돈이냐, 사랑이냐?' 물질과 관념을 단순하게 양분하는 이 질문은 '닭이 먼저냐, 계란이 먼저냐?'라는 질문만큼 식민지 시대의 암울한 현실을 은폐하기 위한 의미 없는 질문에 지나지 않는다. 그것은 역사의 고비마다 다양한 모습으로 변주돼 눈물샘을 자극하며 당면한 현실을 외면하게 하는, 은밀한 유혹 그 이상의 아무것도 아니다.

1926년에 상영된 영화 《장한몽》의 한 장면.　　영화 《장한몽》의 주제가 악보.

때문이다.

그렇기에 심순애의 고민과 갈등은 비단 그녀 혼자만의 문제라고 할 수 없다. 실제로 이 소설의 인기에 힘입어, 심순애의 고민

집필실에서 책을 읽고 있는 피츠제럴드(왼쪽)와《위대한 개츠비》를 비롯한 여러 작품들을 태어나게 한 집필실(오른쪽).

은 그 시대를 살아가는 모든 사람들의 문제로 확대된다. 아니, 심순애의 고민은 당대를 넘어 출간된 지 백 년이 다 돼 가는 지금까지 우리의 문제로 남아 있다 해도 틀린 말이 아니다.

생각해 보자, 이광수의 《무정》에서부터 면면히 이어져 오는 돈과 사랑의 관계를……. 우리의 눈과 귀를 텔레비전 앞으로 끊임없이 잡아끄는 드라마들은 또 어떤가? 우리를 웃기고 울리고 분노하고 좌절하게 하면서 열광의 도가니로 빠뜨렸던 수많은 드라마들 속에는 어김없이 삼각관계가 바탕이 된 남녀 이야기가 빠지지 않는다.

어디 그뿐인가? 남녀 주인공의 파란만장하고 우여곡절 많은 사연 뒤에는 반드시 돈 문제가 그림자처럼 깔려 있다. 가끔씩 불륜이나 출생의 비밀, 그리고 막 나가는 캐릭터들로 새로운 면모를 시도해 보려 하지만, 사건과 갈등의 중심에는 늘 현대판 이수일과 심순애가 살아 숨 쉬고 있는 셈이다.

그런데 왜 심순애는 사랑을 선택하지 않았을까? 그녀가 특별히 나쁜 여자였을까? 우리는 그 답을 시대적 상황에서 찾아볼 수 있다. 《장한몽》의 원작인 《곤지키야샤》는 1897년부터 1903년까지 〈요미우리 신문〉에 연재되었던 작품이다.

청일 전쟁이 끝나고 바야흐로 러일 전쟁이 시작되려던 그 무렵, 일본의 자본주의는 비약적 상승기를 맞고 있었다. 물질주의가 판을 치고 도덕이 땅에 떨어진 현실 속에서 심순애의 선택은 어쩔 수 없는 시대의 풍속이었는지도 모른다.

마찬가지로 F. 스콧 피츠제럴드의 《위대한 개츠비》 역시 시대의 풍속을 반영한다는 점에서 맥을 같이한다 할 수 있다. 이 작품이 발표된 1925년이란 시점은 제1차 세계 대전에 뒤늦게 참전한 미국이 신흥 강대국으로 자리매김하면서 물질적 풍요를 맞는 시기이다.

가난하지만 진실한 사랑을 추구했던 개츠비와, 사랑은 없지만 안락한 생활을 제공해 줄 수 있는 톰 사이에서, 데이지는 큰 고민 없이 자신의 장래를 결정한다. 심순애가 그러했듯, 그것은 너무도 당연한 수순인 것이다. 비록 두 작품의 결말은 다를지라도……

과거로 시간을 되돌리려 한 사나이

소설 《위대한 개츠비》는 현재와 과거를 넘나드는 닉 캐러웨이의 회상 형식으로 서술된다. 1922년 봄 중서부 출신의 청년 닉은 증권업을 배우기 위해 뉴욕 부근의 롱아일랜드 섬에 있는 집을 빌린다. 예일 대학교 출신으로 제1차 세계 대전에 참전했던 그는, 우주의 남루한 변두리 같은 고향을 벗어나 활기찬 세계의 중심인 동부에 영원히 머물러 살 작정이었다. 하지만 그는 뜻밖의 사건에 휘말리고 만다.

닉이 사는 웨스트에그는, 작은 만(灣)을 경계로 상류층 사람들이 모여 사는 이스트에그의 하얀 저택들을 마주 보고 있다. 그곳에는 닉의 대학 동창인 톰과 그의 부인이자 닉의 먼 친척 여동생뻘인 데이지가 살고 있다. 부를 과시하는 곳이라면 어디든지 찾아다닐 정도로 그들 부부는 재산이 많았으나 결혼 생활은 그리 행복하지 않았다. 부자에다 바람둥이인 톰이, 재의 골짜기에서 자동차 정비소를 하는 윌슨의 부인 머틀을 정부(情婦)로 둔 채 이중 생활을 하고 있기 때문이다.

그해 여름, 톰의 저녁 초대를 받은 닉은 그곳에서 프로 골프 선수인 조던 베이커를 만나고, 그녀를 통해 소문에 휩싸여 있던 수수께끼의 백만장자 개츠비의 정체를 알게 된다. 잔디밭과 정원이 딸린 대저택에서 날마다 화려한 파티를 여는 개츠비는 예전에 데이지와 연인 사이였으나, 가난한 장교였던 탓에 데이지 집안의 반대로 사랑을 이룰 수 없었다는 것이다.

개츠비가 프랑스 전선에서 공을 세우고 옥스퍼드 대학교에서 6개월 동안 공부한 뒤 귀국했을 때, 데이지는 자신의 허영심을 채워 줄 남자(톰)를 만나 결혼을 한 뒤였다.

돈 때문에 사랑을 잃은 그는 잃어버린 사랑을 되찾기 위해 법으로 금지된 밀주업에 손을 대어 엄청난 부자가 된다. 그리고 데이지의 집이 마주 보이는 곳에다 거대한 저택을 마련한 다음, 그녀가 나타나기를 기다리며 밤마다 성대한 파티를 연다. 그녀를 만나기만 하면 모든 것을 5년 전으로 돌려놓을 수

피츠제럴드가 원고를 넣어 다니던 가방과 1925년에 발표한 《위대한 개츠비》 초판본. 그 옆에는 피츠제럴드의 사인. 힘이 넘치는 필체가 자못 눈길을 끈다.

잃어버린 세대 Lost Generation

'상실의 시대', '길을 잃은 세대'라고도 부른다. 제1차 세계 대전이 끝난 후 찾아든 절망과 허무를 문학 속에 담아 낸 1920년대 미국 작가들을 가리키는 말이다.

이 용어는 어니스트 헤밍웨이가 《해는 또다시 떠오른다》의 서문에 "당신들은 모두 길 잃은 세대요."라고 한 G. 스타인의 말을 인용한 데서 유명해졌다. 스타인은 프랑스의 자동차 수리공한테서 이 말을 들었다고 전해진다. 이 작품에는 제1차 세계 대전 후, 미국 사회에 환멸을 느낀 청년 지식인들이 대거 파리로 건너가 술에 의지하며 정신적으로 방황하는 모습이 잘 포착돼 있다.

이 세대는 자신들이 물려받은 가치관이 더 이상 전후 세대와 연결되지 못할뿐더러, 하딩 대통령의 '정상 복귀' 정책 아래에서 절망적일 만큼 편협하고, 물질주의에 물들어 있으며, 정서적으로 황폐하기 그지없는 미국이라는 나라에 정신적 소외를 느끼기 때문에 '길을 잃은' 것으로 표현하였다.

1926년에 발표된 헤밍웨이의 《해는 또다시 떠오른다》의 표지. 헤밍웨이의 데뷔작이다.

이 세대에 속하는 작가로는 헤밍웨이, F. 스콧 피츠제럴드, 존 더스 패서스, E. E. 커밍스, 아치볼드 매클리시, 하트 크레인 등과 1920년대에 파리를 문학 활동의 중심지로 삼았던 몇몇 작가들이 포함된다.

그러나 그들을 결코 문학의 한 파(派)로 볼 수는 없다. 1930년대에 대거 다른 쪽으로 전향하고 나서는, 그들의 작품에서 더 이상 전후 시기의 독특한 특징을 찾아볼 수 없게 되었기 때문이다. 이 세대의 마지막에 나온 대표적인 작품으로는 피츠제럴드의 《밤은 부드러워》(1934)와 더스 패서스의 《거금》(1936) 등이 있다.

있으리라 믿었던 것이다.

드디어 닉의 주선으로 개츠비는 데이지를 다시 만나게 된다. 그녀는 곧 엄청난 부자가 되어 나타난 옛사랑에게 흠뻑 빠진다. 데이지는 개츠비를 위해 한 송이 꽃처럼 피어났고, 어느 순간 개츠비의 꿈은 실현되는 듯이 보였다.

1920년대 부의 상징, 자동차

20세기와 21세기를 거치면서 자동차는 우리 생활에서 없어서는 안 되는 중요한 도구가 되었다. 하지만 20세기 초만 해도 자동차는 상류층 사람들의 부(富)의 정도를 단적으로 드러내 주는 사치품 중의 하나였다. 그야말로 부의 상징이었던 셈이다.

《위대한 개츠비》에서는 개츠비의 집에서 날마다 열리는 '파티 문화'를 통해서 그 시기 상류층의 소비적인 생활을 여실히 보여 주고 있다. 상류층의 소비 문화를 드러내 주는 여러 가지 소품들이 소설 속에

개츠비의 노란색 롤스로이스 실버고스트.

등장하는데, 그중에서도 자동차는 이야기의 흐름상 아주 중요한 역할을 한다.

개츠비가 옛 연인 데이지의 남편 톰과 차를 바꿔 타고 뉴욕에 다녀오던 날, 톰의 정부 머틀이 자동차로 뛰어들면서 그의 오랜 염원이 산산이 부서져 버리기 때문이다. 이참에, 이 소설에서 부의 잣대가 되고 있는 주인공들의 자동차를 살펴보는 것도 흥미로울 법하다. (단, 1974년에 상영된 영화 〈위대한 개츠비〉에 등장한 자동차들을 기준으로 삼는다.)

교통사고가 날 당시, 데이지가 운전하던 개츠비의 차는 노란색 롤스로이스 트웬티(Twenty, 20HP)였다. 이 모델은 우아함과 호화로움이 한눈에 느껴져, 그야말로 자동차의 '귀족'이란 평가를 받고 있다. 대부호가 된 개츠비의 이미지를 단적으로 표현해 주고 있는 셈이다.

개츠비의 연인 데이지 역시 상류층에 속해 있다. 그녀가 개츠비와 연애할 때 타고 다니던 흰색의 로드스터는 미국산 자동차 중에서도 고급 승용차로 꼽히던 패커드 차량이다. 패커드의 모든 차들은 라디에이터 그릴의 윗부분이 능선처럼 둥그스름하게 솟아 있는 것이 특징이다. 1920년대 대부분의 미국 차들이 포드를 필두로 대량 생산을 했던 반면, 패커드는 소량으로만 생산이 되던 고급 브랜드였다.

한편 데이지의 남편 톰이 타고 다닌 차는 푸른색 롤스로이스 실버고스트이다. 같은 롤스로이스 실버고스트지만 개츠비의 차는 영국에서 수입된 차량이고, 톰의 차는 미국에서 대량 생산된 차량이다. 롤스로이스는 영국에서 생산된 차량과 미국에서 생산된 차량의 차대 번호가 다른 방식으로 붙여지기 때문에, 그에 따라 차량의 격이 다르게 취급되었다. 오늘날의 고급 승용차가 동일한 차체에 엔진의 배기량 차이로 값싼 모델과 최고급 모델로 나뉘는 것과 비슷한 현상이다.

한 여자를 사이에 둔 개츠비와 톰……. 이름은 같으나 품격은 확연하게 다른 그들의 자동차처럼, 그녀를 향한 사랑의 깊이에서도 현저하게 대비를 보이고 있다.

그러던 어느 날, 데이지는 개츠비와 닉을 집으로 초대하고, 그들은 더운 날씨를 탓하며 뉴욕으로 향한다. 그곳에서 두 사람의 관계를 알아차린 톰은 질투심에 불탄 나머지 개츠비에게 비난을 퍼붓고, 개츠비는 데이지가 진정으로 사랑하는 사람은 자신뿐이라고 당당하게 맞선다.

흥분을 가라앉히지 못한 채 롱아일랜드로 돌아오던 길에 끔찍한 교통사고가 일어난다. 개츠비의 차를 톰의 것으로 착각한 머틀이 차도로 뛰어든 것이다. 머틀은 자신의 부정을 눈치챈 남편이 정비소를 정리하고 서부로 이사 가려 하자, 톰에게 무언가 말을 하고 싶어 차도로 뛰어든 듯하다.

때마침 개츠비의 차를 운전하고 있던 데이지는 사고를 낸 사실에 놀란 나머지, 머틀을 치고도 차를 세우지 않은 채 그대로 질주해 버린다. 뒤늦게 사고 현장에 다다른 톰은 사건의 전모를 알아차리고, 윌슨에게 사고를 낸 차가 개츠비의 것임을 넌지시 알려 준다. 개츠비는 데이지가 저지른 잘못을 모두 덮어쓰기로 작정하고, 톰과 데이지는 비밀을 간직한 채 멀리 여행을 떠난다.

다음 날 분노에 찬 윌슨은 수영장에 있던 개츠비를 죽이고 자신도 자살을 한다. 수많은 사람들이 드나들던 파티 때와 대조적으로 개츠비의 장례식은 쓸쓸하기만 하다. 닉은 개츠비의 마지막을 함께 지켜 줄 사람을 애타게 찾지만, 그의 아버지 외에는 아무도 나타나지 않는다. 환멸을 느낀 닉은 개츠비의 꿈을 되짚어 보며 동부를 떠난다.

800년의 역사를 자랑하는 옥스퍼드 대학교. 데이지를 되찾기 위해 수단을 가리지 않고 돈을 모아 부자가 된 개츠비는 한동안 옥스퍼드 대학교 출신으로 행세한다.

초록색 불빛, 미국의 꿈

고대 그리스의 철학자 헤라클레이토스는 "같은 강물에 발을 두 번 담글 수 없다."는 말을 하였다. 언뜻 보면 우리 앞의 강물은 늘 같은 것처럼 보인다. 하지만 우리가 모르는 새에도 강물은 계속 흘러가고 있고, 그 빈자리는 쉼 없이 새로운 강물로 채워진다.

다시 말해 흐르는 강물이 끊임없이 변하듯, 세상과 우주도 끊임없이 변하게 마련이다. 그러나 개츠비는 그런 변화를 받아들이려 하지 않았다. 아니 잃어버린 사랑을 찾으려는 그의 꿈이 너무도 큰 나머지, 그런 변화를 애써 무시해 버렸다.

이 소설의 끝 부분에는 닉이 동부에서의 마지막 날 밤에 개츠비의 집을 찾는 대목이 나온다. 그 저택의 알 수 없는 몰락에 상심해 있던 닉은 해변을 거닐다 자신이 머무르고 있는 섬의 의미를 떠올린다.

1974년에 잭 클레이톤이 감독한 영화 〈위대한 개츠비〉. 로버트 레드포드가 개츠비 역을, 미아 패로우가 데이지 역을 맡아 열연했다.

왜곡된 꿈, 아메리칸 드림 American Dream

미국의 꿈은 미국이 건국된 후 미래에 대한 꿈을 키워 나가는 모든 사람들의 공통된 소망이었다. 넓게는 자유와 평등이라는 민주주의의 실현에서부터, 좁게는 사회적·물질적 성공에 이르기까지 미국의 꿈은 미국 사회의 지배적 이데올로기를 형성하고 있었다.

하지만 19세기 후반에 이르러 신분의 귀천을 떠나 노력만 하면 누구나 성공할 수 있다는 미국의 꿈은 다분히 왜곡되고 변질된다. 목표에 이르기까지의 과정보다는 목표 자체가 지나치게 강조된 결과, 근면·성실·검약이라는 개인주의의 미덕 대신 물질적 성공만이 수면 위로 떠오른 까닭이다. 1925년에 발표된 T. 드라이저의 장편 소설《아메리카의 비극(An American Tragedy)》에서는 미국의 자본주의 상승기의 어두운 이면을 신랄하게 들추어 낸다.

가난한 전도사의 아들 클라이드가 어떻게 전기의자에 앉게 되는지를 그린 이 작품은《위대한 개츠비》와 함께 물질적 성공에 대한 사회의 집착이 한 미국인을 어떻게 파멸시키고, 그것 때문에 미국의 꿈이 어떻게 붕괴되고 있는지 1920년 당시의 미국 분위기를 생생히 보여 주고 있다.

미국은 멕시코에서 넘어오는 불법 이민자들로 골치를 앓고 있다. 부자가 되려는 꿈을 안고 미국으로 들어가려는 사람들이 기차에 애처롭게 매달려 있다.

1960년대 후반, '아메리칸 드림'을 꿈꾸며 겔릭호를 타고 미국으로 이민을 간 한인들. 그들은 봉제업과 세탁업 등을 하면서 미국 사회에 어렵사리 정착했다.

그 옛날 네덜란드 선원들이 처음 이 섬에 도착했을 때, 이 섬이야말로 그들이 숨죽이며 바라보던 신세계이자 싱그러운 초록빛 가슴이었음을.

더불어 닉은 개츠비가 부두 끝에 있는 데이지의 초록색 불빛을 처음 찾아냈을 때의 경이감에 대해서도 생각해 본다. 네덜란드 선원들과 마찬가지로 개츠비는 그때 먼 길을 달려온 자신의

네덜란드 인들이 발견한 뉴욕

《위대한 개츠비》의 마지막 부분에서 닉은 네덜란드 선원들의 눈에 꽃처럼 찬란히 떠올랐을 그 옛날의 섬을 떠올린다.

> 나는 그 옛날 네덜란드 선원들의 눈에 한때 한 송이 꽃처럼 찬란하게 비쳤을 이 옛 섬이 어떤 곳이었는지 새삼 깨닫게 되었다. 이 섬이야말로 신세계의 싱그러운 초록빛 가슴이었던 것이다.

그들이 신세계의 싱그러운 초록빛 가슴에 벅차 하던 그 섬, 즉 맨해튼 섬과 롱아일랜드를 묶는 이 섬들이 바로 오늘날 세계 무역의 중심지인 뉴욕이다. 1609년 9월, 네덜란드 동인도 회사에 고용된 영국인 '헨리 허드슨'이 뉴욕에 닻을 내리고 인디언들에게서 담배와 모피 등을 공급 받자 네덜란드 상인들은 신세계에 열광한다. 그리고 서인도 회사를 중심으로 수많은 탐험을 거친 끝에, 1625년 봄 '60길더(약 24달러)'에 맨해튼을 사들이고 뉴암스테르담을 건설한다.

신세계와 대서양 사이에 만든 교역로로서 성장해 가던 뉴암스테르담은 해상의 패권을 다투던 영국과의 전쟁에 패하면서 1664년 영국의 식민지가 된다. 당시 영국 왕이던 찰스 2세의 동생 요크 공작의 소유가 되면서, 뉴암스테르담은 새 주인을 기려 뉴욕(New York)이라는 새 이름을 갖게 된다.

1763년 프렌치–인디언 전쟁에서 프랑스가 영국에 패배하자 뉴잉글랜드 지방 사람들이 뉴욕으로 활발히 이주하기 시작한다. 1810년경에는 미국에서 인구가 가장 많은 주가 되었고, 이미 제조업·무역·운송의 중심지가 되어 있었다. 뉴욕은 현재 미국 금융의 중심지이자 미국 문화의 중심지이다. 패션·영화·텔레비전 방송·음악 등의 여러 유행들이 모두 이곳에서 생겨난다.

세계 최고의 상업·금융·문화의 중심지 맨해튼. 세계에서 가장 유명한 거리에 속하는 브로드웨이, 금융가인 월 스트리트가 있다. 《위대한 개츠비》에서 증권 일을 하는 닉 역시 이곳에서 근무했다.

맨해튼에 있는 센트럴 공원. 미국 최초로 조경 건축술을 사용하여 개발한 공원으로, 공원 주위의 어느 지점을 가더라도 전망이 좋고 산책로가 있다. 《위대한 개츠비》에서 닉과 조던이 이 주변에서 데이트를 즐겼다.

미국 롱아일랜드에 있는 최고급 주택. '미디어의 황제' 루퍼트 머독이 4,400만 달러(우리나라 돈으로 약 400억 원)에 사들여 화제가 되었다. 《위대한 개츠비》에서 톰과 데이지를 비롯한 상류층 사람들이 살던 이스트에그의 주택과 크게 다르지 않은 듯하다.

꿈이 이제 막 결실을 맺으려 한다는 극도의 희열감 속에 빠져 있었으리라. 그의 꿈이 너무나 가까이 있어 손을 뻗기만 하면 금방이라도 잡을 수 있으리라고 확신하며…….

하지만 그 꿈이 도시 저쪽의 광막하고 어두운 곳에 가 있다는 사실을 개츠비는 알지 못했다. 물론 그 초록색 불빛이 자신에게서 점점 더 뒤쪽으로 물러나고 있다는 사실도.

지칠 줄 모르는 개츠비의 꿈은 우리가 흔히 '아메리칸 드림(American dream)'이라고 하는 미국의 꿈과 닿아 있다. 미국의 꿈이란 무얼까? 그것은 미국이라는 나라가 모든 사람들에게 평등하게 열려 있는 기회의 땅이라는 뜻이다.

좁게는 물질적 성공에 대한 열망이고, 좀 더 넓게는 신대륙에서의 새로운 삶의 가능성을 뜻하는 이 말은 종교적 이상과 현실적 성공을 아우르는 말로 이 소설의 핵심을 이루는 내용이다.

《위대한 개츠비》는 도저히 이룰 수 없을 것 같은 불가능한 꿈에의 도전, 즉 무일푼 청년 개츠비의 상류 사회로의 편입 시도이다. 그런 면에서 개츠비가 난생처음으로 알게 된 '우아한' 여자 데이지는 바로 미국의 꿈을 상징하는 존재라 할 수 있다.

그러나 꿈이란 말 그대로 꿈일 뿐이다. 쉽게 얻을 수 있는 꿈은 이미 꿈일 수 없다. 데이지는 손에 쥔 모래알들처럼 개츠비를 손쉽게 벗어나 버린다.

이제 그는 자신이 전력을 다해 성배(聖杯)를 좇았다는 것을 알게 되었다. 그녀가 특별하다는 것은 알고 있었지만 '우아한' 여자가 도대체 얼만큼이나 특별할 수 있는지는 미처 깨닫지 못했던 것이다. 그녀는 부유한 자기 집 안으로, 그 부유하고 충만한 생활 속으로 사라져 버렸다. 개츠비에게는 아무것도 남겨 두지 않은 채 말이다. 그는 그녀와 결혼이라도 한 듯한 느낌이 들었지만 그것이 전부였다.

개츠비는 자신의 잃어버린 성배를, 포기할 수 없는 미국의 꿈을 좇는다. 돈 때문에 잃어버린 사랑을 찾고, 가난 때문에 이룰 수 없었던 과거의 꿈을 되돌리기 위해 수단과 방법을 가리지 않고 돈을 모은다. 불을 보고 달려는 불나비처럼 그 종착점이 자신의 파멸임을 알지 못한 채……

트럼펫을 연주하는 루이 암스트롱. 피츠제럴드는 1920년대를 '재즈 시대'라 불렀다. 이 시기의 '재즈'는 젊은이들의 자유분방한 자기 표현의 방식이자 새로운 시대를 보여 주는 삶의 태도라 할 수 있다.

부도덕의 극치, 재의 골짜기

개츠비의 꿈은 왜 좌절될 수밖에 없었을까? 개츠비는 부(富)가

가두어 보호하는 젊음과 신비만을 보았지, 그 이면에 숨은 부도덕하고 무기력한 삶을 보지 못했다. 아니 화려하고 눈부신 데이지의 모습에 눈이 멀어 더 이상 아무것도 볼 수 없었다. 그렇기에 안타깝지만 초록색 불빛으로 대표되는 개츠비의 꿈은 파멸을 향한 꿈에 지나지 않았다.

잠시 제1차 세계 대전이 끝난 1920년대 미국의 상황을 살펴보자. 1914년에서 1918년까지 제1차 세계 대전을 치르고 난 뒤, 미국은 경제적으로 놀랄 만한 성장을 이루었다. 피츠제럴드가 '재즈 시대(Jazz Age)'로 부른 이 시기는 재즈 음악과 춤, 자동차 등으로 대표되는 돈과 환락의 시대였다.

개츠비룩. 재즈 시대, 즉 1920년대 패션에서 영감을 얻은 룩을 말하는 것으로, 피츠제럴드의 《위대한 개츠비》에서 명칭이 유래되었다.

1925년에는 무려 500만 대에 이를 정도로 자동차가 쏟아져 나왔고, 화학과 전기 산업의 성장이 두드러졌으며, 투자 의욕과 경제 발전을 위해 기업과 개인에 대한 소득세율은 50%나 인하되어 상류층에게는 재산을 늘릴 수 있는 최적의 시대였다. 라디오와 영화가 보급된 것도, 미국의 생활 수준이 전 세계를 앞질러 물질적 풍요를 누린 것도 바로 이 시기였다.

하지만 경제 성장이 긍정적인 결과만을 가져오지는 않았다. 무엇보다 빈부의 격차가 심화되었고, 도덕적 타락 또한 극도로 심각해졌다. 금욕과 절제를 강조하는 청교도 정신의 부산물인 금주법은 밀주와 매음으로

2007년 제60회 칸 영화제에서 다정한 포즈를 취하고 있는 안젤리나 졸리와 브래드 피트. 두 사람의 모습이 개츠비와 데이지를 연상시킨다 해서 《위대한 개츠비》를 읽었느냐는 기자들의 질문이 쏟아지기도 했다.

술은 악의 원천?

미국 금주 운동의 역사는 남북전쟁 전으로 거슬러 올라간다. 금욕과 절제를 강조하는 청교도 정신에 따라 술은 악의 원천으로 생각되었다. 그래서 제1차 세계 대전 중 여성의 권리가 급격히 신장되면서 금주법은 현실화되기에 이른다. 1917년 헌법 수정안 18조가 연방 의회를 통과하고, 1920년 1월 각 주의 승인을 얻어 발효된 이 법은 알코올의 제조·운반·판매 행위를 일절 금한다.

그러나 음주를 법으로 금지하는 일은 생각만큼 쉽지가 않았다. 그 바람에 1933년 다시 헌법 수정안 제21조에 의해 금주법이 폐지되기까지의 10여 년 동안 이른바 재즈 시대, 광란의 1920년대, 무법의 10년이라고 하는 시대가 만들어진다. 치솟은 술값으로 도시는 밀주, 폭력, 매음이 판치는 갱들의 온상이 되었고, 1925년 지하 밀주 조직을 바탕으로 암흑가의 제왕으로 올라선 알 카포네는 '마피아'라고 하는 시카고의 강력한 범죄 조직을 이끌며 엄청난 부를 축적한다.

밤의 대통령이라 불렸던 알 카포네.

알 카포네(Al Capone)는 1899년 미국 뉴욕 브루클린에서 태어나, 초등학교를 졸업한 뒤 학업을 중단하고 범죄에 발을 들여놓는다. 그러다 시카고로 건너가 26세란 젊은 나이에 마피아 조직을 물려받는다. 도박, 매춘, 술 밀매에 손을 댔고, 천부적인 사업 감각으로 천문학적인 돈을 모았다. 천 명이 넘는 조직원을 거느렸고 정재계의 유력 인사와 어울렸다.

금주령과 대공황으로 우울했던 시기, 그는 대중의 '또 다른 우상'이나 다름없었다. 대중은 그를 두려워하면서 동시에 동경했다. 보잘것없는 이탈리아 출신이 젊은 나이에 미국을 흔드는 거물로 성장했기 때문이다.

알 카포네와 목사. 감옥에 갇혀 있는 알 카포네와 면회를 간 목사의 모습을 패러디한 애니메이션.

시카고의 대학생들은 그를 아인슈타인, 간디, 헨리 포드와 함께 세계에서 가장 걸출한 인물 10명 가운데 한 명으로 뽑기도 했다.

한편, 금주법은 1929년 10월 뉴욕 주식 거래소의 주가 대폭락이 대공황으로 이어지면서 막을 내린다.

가득 찬 도시의 뒷골목을 낳았고, 밤의 대통령 알 카포네를 만들어 냈다. 전쟁 뒤의 이 모든 혼란과 방황을 빗대어 작가들은 자신들을 '잃어버린 세대'라고 했을 정도로 1920년대의 미국 사회는 돈과 환락의 시대였다.

개츠비의 집에서 밤마다 벌어지는 성대한 파티, 그리고 데이지를 감동시키다 못해 흐느껴 울게까지 한 개츠비의 수많은 셔츠들. 물질적 풍요와 더불어 부자들의 도덕적 타락은 깊어만 갔다.

개츠비를 버리고 톰과 결혼한 데이지의 목소리는 돈으로 가득 차 있다. 그리고 그녀는 머틀을 죽이는 사고를 내고도 양심의 가책을 느끼지 못할 정도로 무책임하고 부도덕하다. 거대한 유산을 물려받은 톰은 또 어떤가? 개츠비의 출현을 맞아 가족의 중요성을 이야기하지만, 그는 머틀과의 불륜 앞에서 그 어떤 변명도 늘어놓을 자격이 없다.

준결승전에서 치기 어려운 공을 몰래 옮겨 놓는 프로 골퍼 조던은 물론, 고지식한 남편 몰래 톰과 밀회를 즐기는 머틀, 그리고 월드 시리즈를 조작한 도박사 울프심에 이르기까지 이들의 타락상은 이루 헤아릴 수 없을 정도이다.

물질 문명이 빚은 도덕적 타락상을 작가는 '재의 골짜기'라는 상징으로 묘사한다. 재가 밀처럼 자라 산마루와 언덕과 기괴한 정원을 이루는 그곳. 닉이 톰의 정부를 처음 만난 곳도, 자동차 사고로 데이지가 머틀을 죽인 곳도 잿빛 황무지인 이곳이다.

커다란 광고판 속에서 의사 T. J. 에클버그의 강렬한 두 눈으로 표상되는 상업주의가 인간을 쏘아보는 곳도, 에클버그를 하느님으로 착각한 채 "하느님은 모든 것을 알고 계시다."라고 중얼거리는 윌슨에게서 물신주의의 냄새를 맡을 수 있는 곳도 모두 이 재의 골짜기다. 한마디로 재의 골짜기는 물질 만능주의와

피츠제럴드의 책들. 앞에서부터 《위대한 개츠비》, 《낙원의 이쪽》, 《재즈 시대 이야기》.

자동차로 대변되는 온갖 기계 문명의 폐해를 상징하는 불모의 땅이다.

과거의 사랑과 추억에 매달린다는 점에서 개츠비는 극도의 낭만주의자다. 거꾸로 물질적인 성공이 잃어버린 사랑과 행복했던 과거를 되찾아 주리라고 믿었다는 점에서 그는 극도의 물질주의자이기도 하다.

정체성을 잃고 혼란에 빠진 개츠비의 초록빛 이상과 낭만은 극단적 물질주의 때문에 변질된 잿빛 미국의 꿈 앞에서 철저히 파멸하고 만다. 그것도 창백하고 빛바랜 에클버그의 두 눈이 바라보는 재의 골짜기에서……

개츠비는 진정 위대한가?

무라카미 하루키는 《상실의 시대》(원제 《노르웨이의 숲》)에서 도쿄 대학교 법학생인 나가사와의 입을 통해 이렇게 말한다. 《위대한 개츠비》를 세 번 이상 읽은 사람은 나의 친구가 될 수 있다

피츠제럴드를 사랑한 작가, 무라카미 하루키

무라카미 하루키(村上春樹)는 피츠제럴드를 가리켜 "한동안 그만이 나의 스승이요, 대학이요, 문학하는 동료였다."고 말할 정도로 그의 영향을 많이 받았다. 감수성이 예민한 고교 시절부터 피츠제럴드의 소설이라면 닥치는 대로 열심히 읽었다고 한다.

1920년대 미국 문학을 대표하는 피츠제럴드는 유연함과 오만함, 센티멘털리즘과 시니시즘, 극단의 낙천주의와 자기 파괴적인 욕망, 상승 지향과 하강 감각, 도시적 세련미와 중서부적인 소박함 같은 대립적인 요소를 절묘하게 조화시켜 내는 데 탁월한 재주를 가지고 있다.

그런 요소는 하루키의 작품들 속에서도 적지 않게 발견할 수 있는데……. 특히 그의 문학을 '상실'이라는 주제로 접근해 보면, 피츠제럴드와 자못 많은 부분에서 닮아 있음을 알아챌 수 있다. 하루키 문학의 기본이라 해도 지나치지 않는 '상실감'이 피츠제럴드의 작품들에도 아주 농밀하게 배어 있기 때문이다.

하루키는 1949년 일본 효고현에서 태어나, 와세다 대학교 연극과를 졸업했다. 1979년 《바람의 노래를 들어라》로 《군상》지 신인상을 받으며 등단했고, 1982년 첫 장편 《양을 둘러싼 모험》으로 제4회 노마 문예 신인상을 수상했으며, 1985년 《세상의 끝과 하드보일드 원더랜드》로 다니자키 문학상을 받았다.

지은 책으로 소설 《양을 둘러싼 모험》, 《노르웨이의 숲》, 《댄스 댄스 댄스》, 《국경의 남쪽, 태양의 서쪽》, 《태엽 감는 새》, 《렉싱턴의 유령》 등과, 에세이 《무라카미 하루키는 어떻게 단련되었는가》, 《슬픈 외국어》 등이 있다. 하루키의 작품들은 현재 여러 나라 말로 번역돼 읽히고 있으며, 특히 미국과 영국 등에서 대중적 인기와 함께 문학적인 평가가 높다.

무라카미 하루키.

피츠제럴드에 대한 하루키의 각별한 애정이 녹아 있는 《노르웨이의 숲》. 우리나라에는 '상실의 시대'란 제목으로 소개되었다.

고…….

　그렇지만 《위대한 개츠비》를 읽은 많은 사람들은 하나같이 개츠비의 위대성이 무엇인지 의아해한다. 사랑할 만한 가치가 없

는 여자를 사랑하다 결국은 비극적인 죽음에 이른 그의 삶이 무
엇을 전하려는 것인지 정확하게 알기가 어렵기 때문이다.

그렇다면 오랜 세월이 지난 지금까지도 《위대한 개츠비》가 호
평을 받는 이유는 어디에 있을까?

진정으로 인생이 시작되던 열일곱 살 때, 제임스 개츠는 제이
개츠비로 이름을 바꾼다. 그가 죽은 뒤에 발견된 수첩에서 볼 수
있는 것처럼 개츠비는 벤자민 프랭클린을 본받아 근면하고 절제
된 생활로 자수성가의 꿈을 지닌 청년이었다.

마치 16,000킬로미터 밖에서 일어난 지진을 감지할 수 있는,
성능 좋은 지진계에 연결돼 있기라도 한 것처럼 그는 특별한 감
수성을 가지고 있었다. 그것은 흔히 '창조적 기질'이라는 말로 미
화되는, 맥 빠진 감수성과는 전혀 차원이 다른 것이었다. 말하자
면 희망에 대한 탁월한 재능이요, 그 누구에게서도 일찍이 발견
된 적 없고 앞으로도 다시는 발견할 수 없을 것 같은 낭만적 민감
성이었다.

저 멀리 조그맣게 반짝이는 단 하나의 초록색 불빛을 바라보
며 끝없는 어둠 속을 헤쳐 나가는 개츠비. 아무리 작은 가능성이
더라도 삶의 희망을 감지할 수 있는 능력과 그 희망을 향해 거침
없이 나아가는 삶의 자세는 기회의 땅에서 새로운 삶을 시작하
려는 미국의 꿈과 일맥상통하는 것이다. 개츠비의 위대성은 미
래에 대한 이상과 꿈을 포기하지 않는 데에 있다.

물론 개츠비의 꿈에 더러운 먼지가 끼어 있었던 것 또한 부인
할 수 없는 사실이다. 사랑받을 자격이 없는 여자를 사랑하고 이
미 흘러가 버린 과거를 돌이키느라 그의 꿈은 변질되고 만다. 더

개츠비의 우상, 벤자민 프랭클린

비누와 양초를 만드는 가난한 제조업자의 17남매 중 15번째로 태어나 자수성가한 프랭클린(Benjamin Franklin, 1706~1790). 그는 미국에서 근면 성실하고 정직하다면 누구나 성공할 수 있다는 믿음을 퍼뜨린 최초의 미국인이다. 즉 가난한 소년의 피나는 노력이 명예와 부로 이어질 수 있다는 미국적 성공의 패턴을 몸소 보여 준 위대한 미국인인 셈이다. 수많은 이민자들이 미국으로 몰려든 것도 미국의 꿈을 현실화한 그의 신화에서 비롯되었다고 할 수 있다.

개츠비의 일기장에 나오듯, 프랭클린은 13가지 덕목과 그에 관련된 간단한 교훈을 실천 지침으로 만들어 날마다 체크함으로써 자신을 위인으로 만들어 갔다. 표의 가로축에는 요일을, 그리고 세로축에는 절제, 침묵, 절도, 결단, 검약, 근면, 성실, 정의, 중용, 청결, 평정, 순결, 겸손 등의 13가지 덕목을 적었다. 그리고 가로와 세로가 교차되는 각 칸에 그날의 덕목을 잘 지키지 못했을 경우 검은 점을 표시하였다. 13주일을 주기로 하여 검은 점이 줄어들고 자신의 덕행이 나아지고 있음을 확인할 때마다 벤자민은 큰 행복과 기쁨을 느꼈다.

그는 이렇게 말한다.

"내가 항상 행복한 인생을 걸어올 수 있었던 것은 이 수첩 덕분이었다. 후손들에게도 알려 주고 싶다."

미국 헌법의 뼈대를 만들고 민주주의의 초석을 세웠다고 평가받는 프랭클린. 세월이 흘러 마지막 날에 부유하게 살다 갔다는 말보다, 남을 도우며 살다 갔다는 말을 듣고 싶다던 사람. 세상을 떠난 뒤, 그의 묘에는 '인쇄인 B. 프랭클린'이라는 소박한 묘비명만이 남았다.

벤자민 프랭클린.

미국 필라델피아의 펜실베이니아 대학교 칼리지 홀에 있는 벤자민 프랭클린의 동상.

구나 돈 때문에 잃어버린 사랑을 찾기 위해 수단과 방법을 가리지 않고 재산을 축적하는 과정은 결코 용납될 수 없는 일이다. 하지만 역설적으로《위대한 개츠비》가 사랑을 받는 이유 역시

피츠제럴드가 태어난 세인트폴 라이스 공원에 서 있는 동상(왼쪽)과 메릴랜드 주 락빌 시에서 피츠제럴드를 기념하기 위해 시립 공원에 세운 피츠제럴드 극장(오른쪽). 극장 안에는 피츠제럴드에 대한 각종 자료와 작품들이 전시돼 있다.

여기서 찾을 수 있다. 소설《위대한 개츠비》는 혼돈의 시대, 광란의 시대라 불리는 1920년대를 맞아 미국의 꿈이 잃어버린 것은 무엇이고, 절대로 잃어버려서는 안 될 것이 무엇인지를 분명히 일러주기 때문이다. 다시 말해 개츠비의 위대함과 그 한계를 통해 1920년대를 미국의 비판적 시각으로 기록했다는 점에서 미국 최고의 소설로 자리 잡게 된 것이다.

순수의 마지막 보루, 닉의 성장 소설

《위대한 개츠비》의 서술자는 닉이다. 그런 면에서 이 소설은 개츠비의 이야기인 동시에, 자아와 사회에 눈떠 가는 닉의 성장 소설이기도 하다.

처음에 개츠비는 닉이 드러내 놓고 경멸해 마지않는 모든 것을 대변하는 인물이었다. 그러나 닉은 결국 개츠비가 옳았다고 말한다. 소설의 끝 부분에서도 닉은 자동차 사고로 상심해 있는 개츠비에게 말한다.

"그 인간들은 썩어빠진 족속이오. 당신 한 사람이 그들을 모두 합쳐 놓은 것보다 더 훌륭합니다."

개츠비와 관계된 일련의 경험 속에서 닉은 무엇이 옳고 무엇이 그른지, 커다란 내면적 성장을 이룬 것이다. 사실 이 소설에는 닉의 성장을 위해 작가가 의도적으로 설정한 여러 가지의 대립적 구도가 엿보인다.

상류 사회 사람들이 모여 사는 이스트웨그와 신흥 부자들의 거주지인 웨스트에그의 대립이 있는가 하면, 물질 문명에 휩싸여 있는 동부와 전통적 가치를 이어가고 있는 서부의 대립이 있다.

또 아직도 꿈을 가지고 있는 개츠비와 그저 속물들에 지나지 않는 톰과 데이지가 있고, 구제할 수 없을 정도로 부정직한 조던과 내면의 규칙을 많이 지니고 있는 닉이 있다. 개츠비를 둘러싸고 벌어지는 이들 대립적 세계와 가치관의 차이를 통해 닉은 자신이 살아가고 있는 세계의 실체를 분명하게 인식하면서 자신의 정체성을 세워 나가는 것이다.

물론 닉의 입장은 관찰자나 전달자의 입장에서 크게 벗어나지 않는다. 그러나 닉이 한때나마 사랑했던 조던과 헤어지기로 결심한 일이나 평생 몸담으려 했던 동부를 떠나 서부로 귀향한 것은 타락한 현실에 매몰되거나 순응하지 않겠다는 순결한 의지의 발로다.

결국 개츠비의 파멸을 보면서 닉은 부당한 세계의 모습에 눈을 뜬 것이다. 그렇기 때문에 다소 소극적이라고는 하지만, 닉의 행동은 변질

피츠제럴드가 생활하며 《위대한 개츠비》를 집필한 롱아일랜드의 저택.

되어 버린 미국의 꿈이 품었을 순수한 이상과 낭만이 회복될 가
능성을 보여 준다. 그래서 소설은 이렇게 끝을 맺는다.

우리는 조류를 거스르는 배처럼 끊임없이 과거로 떠밀려가면
서도 앞으로 앞으로 계속 전진하는 것이다.

소설과 꼭 닮은 피츠제럴드의 삶

'잃어버린 세대'를 대표하는 두 작가 피츠제럴드와 헤밍웨이
는 좋은 동료이자 경쟁자였다. 하지만 그들이
품고 있는 이상과 가치는 매우 달랐다. "부자들
은 우리와 다릅니다."라는 피츠제럴드의 말에
헤밍웨이는 이렇게 답한다. "물론 다르지요. 우
리보다 돈이 많지요."라고. 헤밍웨이와 피츠제
럴드 간에 있었던 비화(秘話)의 내용에 약간의
오해가 있다는 지적도 있지만, 어쨌든 이 말은
피츠제럴드를 이해하는 중요한 단서가 된다.

피츠제럴드의 아내, 젤다.

피츠제럴드는 돈이 가져올 새로운 기회와
가능성을 중시했다. 그가 이처럼 돈에 집착한
데에는 경제력이 모든 판단의 기준이 되었던
1920년대라는 미국의 격변기 사회와 작가의 개
인적인 경험에서 그 원인을 찾을 수 있다.

피츠제럴드는 1896년 미네소타 주의 한 중산
층 가문에서 태어난다. 아일랜드계 갑부의 딸
이었던 어머니의 영향과 자신의 문학적 재능을

피츠제럴드의 아내, 그리고 딸과 함께.

피츠제럴드 & 헤밍웨이

피츠제럴드는 1896년 9월 미네소타 주 세인트폴에서, 헤밍웨이는 피츠 제럴드보다 3년 뒤인 1899년 7월 시카고 교외 오크파크에서 태어났다. 두 사람은 평생 서로에게 애증을 가진 친구이자 경쟁자로 지냈다.

두 사람이 처음 만난 것은 1920년대의 파리에서였다. 그 무렵 피츠제럴 드는 유명 인사에 속했다. 이미 세 권의 소설을 발표해 작가로서의 위치 를 단단히 굳힌 상태였으며, 대표작인 《위대한 개츠비》를 출간한 지 얼 마 안 되었을 때였다.

이에 비해 헤밍웨이는 소품집 두 권을 제외하고는 남들 앞에 내세울 만 한 책을 한 권도 내놓지 못한 무명 작가에 불과했다. 피츠제럴드는 그런 헤밍웨이를 발굴해 자신의 전속 출판사인 스크리브너스와 유명한 편집 자 맥스웰 퍼킨스에게 소개했고, 그가 명실상부한 작가로 발돋움하도록 글 쓰는 일까지 내팽개친 채 물심양면으로 지원했다. 헤밍웨이의 첫 작 품 《해는 또다시 떠오른다》가 성공을 거둔 데에는 그의 공이 아주 컸다. 이렇듯 한쪽은 주고 한쪽은 받는 관계로 출발했던 두 사람의 우정은, 동 료 작가로서 서로를 격려하며 용기를 북돋워 주었던 시기는 잠시뿐, 가 학과 피학의 관계로 치닫다가 결국 파탄에 이르고 말았다.

180센티미터의 키에 85킬로그램이나 나가는 건장한 체격, 그리고 흑발 에 호남형이었던 헤밍웨이와, 172센티미터의 키에 65킬로그램을 밑도는 깡마른 체격에 금발인 피츠제럴드는 현격한 대조를 이루는 외모만큼이 나 기질적인 차이를 가지고 있었다. 말하자면 마초적인 성격의 헤밍웨 이와 섬세하고 세련된 피츠제럴드의 판이한 성격과 삶의 태도, 그리고 각자의 기질을 반영한 작품 경향이나 문체 등 여러 가지 차이점이 두 사람 사이를 멀어지게 한 듯하다.

어니스트 헤밍웨이.

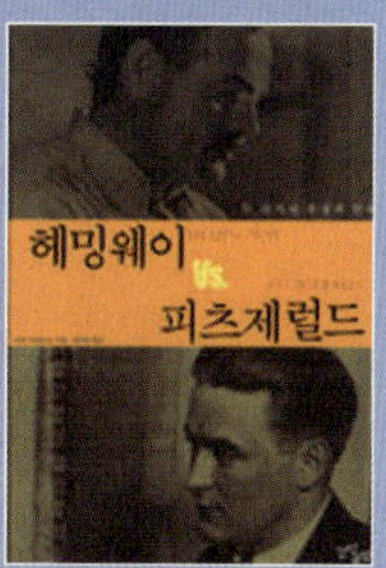

헤밍웨이와 피츠제럴드의 우정과 반목을 다룬 책 《헤밍웨이 Vs. 피 츠제럴드》.

바탕으로 그는 글쓰기와 사교 활동 등에 힘쓰지만, 아버지의 사 업이 실패하면서 여러 지역을 전전하며 가난을 뼈저리게 겪는 다. 뉴저지 주에 있는 가톨릭 학교 뉴먼 스쿨을 거쳐 프린스턴 대학교에 입학했을 때, 그는 가난하다는 이유로 실연의 아픔을 겪기도 한다.

1917년 미국의 제1차 세계 대전 참전으로 징집된 그는 장교로 임관하여 젤다 세이어라는 미녀를 만난다. 앨라배마 주 판사의 딸로 재기발랄한 신세대 여성이었던 그녀는 마치 개츠비가 데이지에게 한눈에 반해 버렸듯, 피츠제럴드의 마음을 온통 사로잡는다. 하지만 사치와 낭비벽이 심했던 그녀는 미래가 불확실하다는 이유로 약혼을 파기한다. 돈 때문에 사랑을 잃은 피츠제럴드의 실망은 개츠비 이상의 것이었다.

실의에 빠져 작품 활동에 몰두하던 그에게 반전의 기회가 찾아온다. 1919년 재즈 시대 젊은이들의 모습을 사실적으로 그린 《낙원의 이쪽》이 베스트셀러가 되면서 영화로 만들어진 것이다. 덕분에 그는 명성과 부를 얻으며 젤다와의 결혼에도 성공한다.

미국 메릴랜드 주 락빌 시립 묘지에 있는 피츠제럴드의 무덤. 석관 위에는 "우리는 흐름을 거스르는 배처럼 끊임없이 과거로 떠밀려 가면서도 앞으로 앞으로 계속 전진하는 것이다."라는 《위대한 개츠비》의 마지막 문장이 새겨져 있다.

이런 성공을 발판으로 피츠제럴드는 1925년 《위대한 개츠비》를, 1934년에는 《밤은 부드러워》를 펴낸다. 두 작품 모두 미국의 꿈이 가져올 수 있는 악몽적 경험을 상징적으로 제시한 그의 대표작들이지만 수입은 기대에 미치지 못했다. 젤다와의 화려한 생활을 유지하기 위해, 또 말년에는 정신병에 걸린 그녀의 치료비를 마련하기 위해 그는 돈이 많이 필요했다.

그는 결국 돈을 벌기 위해 대중 잡지에 단편 소설을 연재하기 시작했다. 사십여 년의 비교적 짧은 삶에, 단편 소설이 무려 160여 편이나 된다는 사실은 장편 소설에 쏟아 부어야 할 재능이 아깝게 낭비되었음을 잘 보여 준다.

피츠제럴드를 기념하기 위해 제작된 우표.

대부분의 작가들이 오직 두세 개의 이야기를 일생 동안 반복한다는 그의 말처럼, 피츠제럴드는 물질적 성공에 대한 야망과 함께 낭만적인 꿈과 환상을 반복적으로 제시한다. 낙원을 향한 꿈과 좌절이라 할 그 주제는 시대와 사회를 초월해 인간이라면 누구나 품을 수 있는 미국의 꿈과 그 꿈이 어떻게 변질될 수 있는지를 잘 드러내 준다.

그럼으로써 그는 당대의 세태와 도덕을, 그리고 자신의 시대를 가장 사실적으로 표현했다는 평가와 함께 미국의 대표 작가로 자리매김한다. 그러나 방탕한 생활과 알코올 중독, 빚에 시달리던 그는, 1940년《마지막 거물》을 집필하다가 심장마비로 세상을 떠나고 만다.

푸 른 숲
징 검 다 리
클 래 식
0 1 7

위대한 개츠비

첫판 1쇄 펴낸날 2007년 12월 20일
　　　15쇄 펴낸날 2025년 10월 31일

지은이 F. 스콧 피츠제럴드　**옮긴이** 김욱동
발행인 조한나
편집 박고은 정예림 강민영
디자인 전윤정 김혜은
마케팅 문창운 김인진 김은희
회계 양여진 김주연

펴낸곳 (주)도서출판 푸른숲
출판등록 2003년 12월 17일 제2003-000032호
주소 서울특별시 마포구 토정로 35-1 2층, 우편번호 04083
전화 02) 6392-7871~7874　**팩스** 02) 6392-7875
인스타그램 @psoopjr　**이메일** psoopjr@prunsoop.co.kr
홈페이지 www.prunsoop.co.kr

ⓒ푸른숲주니어, 2007
ISBN 978-89-7184-757-2 44840
　　　978-89-7184-464-9 (세트)